講談社文庫

5と$\frac{3}{4}$時間目の授業

高橋源一郎

講談社

本書は、きのくに国際高等専修学校にて、
2018年6月10日〜11日に行われた
特別授業を元に再構成しました。

●

きのくに国際高等専修学校
和歌山県橋本市彦谷51

広く国際的な視野を持ち、自分自身と
社会について深く考えたい人のために、
少人数で社会問題、国際問題、英語などを
重点的に学習する学校として1998年に開校。
生徒は全国から集まり、2019年4月現在、
生徒数60名。約8割が寮生活を行う。
一人ひとりが本当に好きな対象を見つけるために、
生徒自身による自己決定や活動の多様化、
体験学習を重視した授業を行っている。

1日目

たぶん、読んじゃいなよ!

2日目 なんとなく、書いいちゃいなよ!

ぼくはこんな授業をやってみたかったんだ

どこか好きな学校に行って、好きな授業をしてもいい。そんな依頼を受けたとき、ぼくは、「きのくに子どもの村学園」と、そこの子どもたちのことをまっさきに思いうかべた。それから、もちろん、そこにいる大人たちのことも。

「きのくに子どもの村学園」（ここから「きの校」と呼ばせてもらおう）の歴史は、いま学園長の堀真一郎《ほりしんいちろう》さんたちが「新しい学校をつくる会」を発足させた1984年にさかのぼる。堀さんたちは、この国の教育のあり方を憂い、まったく新しい学校を作るために立ち上がった。

この試みには、「まず子どもを幸福にしよう。すべてはそのあとにつづく」と宣言し「世界でいちばん自由な学校」といわれた「サマーヒル・スクール」を創設したA・S・ニイルや、書物による知識よりも手や体を使った実践を教育の根本としたジョン・デューイの深い影響がある。そんな先達《せんだつ》たちの仕事を遠く目標にしながら、彼らは、この国になかった、まったく新しい小学校を和歌山県橋本市の、緑深い山の中に作った。1992年の春のことである。それから27年、この「教育の新しい芽」は「きの校」以外に山梨、福井、福岡にも育ち、今年（2019年）、五つ目の場所が長崎に誕生した。五つの場所に小学校と中学校を持つ（最初に出来た「きの校」には高等専修学校も併設されている）この、「新しい学校」には共通した理念と形がある。というか、多くの学校にあるものが「ない」のである。堀さん自身のことばで説明してもらおう。

1　学年がない。クラスが完全な縦割り編成になっている。
2　時間割に普通の教科の名前がない。「プロジェクト」という名の体験学習が大半を占めている。
3　宿題がない。チャイムがない。試験がない。普通の通知簿もない。
4　「先生」と呼ばれる大人がいない。大人は「さん付け」やニックネームで呼ばれている。
5　大人の給料に差がない。年齢や職種を問わず常勤職員の基本給は同じである。
6　廊下がない。オープンプラン方式をとり入れた校舎だ。

7　学校と地域社会との壁がない。地域社会は格好の学習の場であり、地域の人々は有能な教師である。

8　堅苦しい儀式がない。入学式や卒業式がなくて、「入学を祝う会」や「もうサヨナラをいわなくてはいけないのかい」がある。

9　校長室がない。校長は職員室の片隅にほかの教師と机を並べている。

10（そして最後に）お金もない……!?

ここまで説明すると、たいていの人が尋ねる。

「じゃあ、いったい何があるのですか。」

私たちの答えはこうだ。

「楽しいことがいっぱいあります。」

――堀真一郎『増補　自由学校の設計』黎明書房

比較的簡単に作れる無認可のフリースクールではなく、文部科学省の認可を受けた正式の学校であることと、子どもたちの自由を保証することを両立させるために。あるいは、知識偏重の授業をしないと決めながら同時に、いわゆる「学力」をもつけさせるために。彼らは、いくつもの困難な問題を解かねばならなかった。そして、彼らは、8年を費やして学校を創設したのである。

ぼくが「きの校」を訪れたのは8年前だった。そこには、長い間、足を踏み入れたぼくは、心の底から驚き、深い感銘を受けた。そこには、ぼくが「学校」という空間に抱いていた、多くの不信への雄弁な回答があったからだったかもしれない。

この「学校」では、週に一度、全校ミーティングが開かれる。そこには、この「学校」に属するすべての人間が、大人も子どもも参加する。そして、この「学校」にとって大切なことはすべて、この全校ミーティングで決定される。また、投票に際して、小学校1年生も校長も同じ一票の権利を持つ。

そんな小さな子どもに何がわかるのか。そういう、よくある問いよりも、まずここで大切にされているのは、子どもの人格を尊重する、ということだった。いや、あらゆる人間の人格が尊重されていて、その考えの上に全校ミーティングが存在している。そこは、何かを決議する場所というよりも、異なる意見を持つ人間を認めるための教育が行われる場所だったのだ。

もちろん、この世界にユートピアは存在しない。だから、この素晴らしい場所にも、苦しみや矛盾や問題はたくさんある。でも、大人たちは、それを隠そうとはしない。もしかしたら、ぼくがいちばん魅《ひ》かれたのは、そこだったのかもしれない。

ぼくは、「きの校」や、ぼくが住んでいるところにいちばん近い「南アルプス子どもの村」を何度か訪れ、やがて、ぼくの子どもたちを通わせることにした。外部の観察者ではなく、その中にいて、共に考える者となったのである。

この学校と関わるようになって、たくさんの経験をして、たくさんのことを考えた。いや、教えられた。

ここでは、どんな「会」のときも、子どもたちは整列しない。意味がないからである。子どもたちは思い思いの場所に佇んで、あるいはゆったり座って、「会」を見守る。やはり、どんな「会」においても、大人たちがする話は短い。彼らは、真っ直ぐ子どもたちに向かって必要な話をするだけだからだ。また、どんな「会」や催しでも、進行し、全体を動かしてゆくのは子どもたちだ。大人は、子どもたちの指示に従い、動くのである。学校の主役は大人ではなく子どもたちだからである。

いつの間にか、ぼくもまた、この学校の「生徒」になっていたのだと思う。そして、ぼくは気づいた。ここでの「大人」と「子ども」の関係は、「作家」と「読者」の関係に似ていることに。いや、もっとも小さなものから、想像もできないほど巨大なものまで、あらゆる共同体に属する人びとが直面しなければならない問題について考えるとき、ぼくは、いつも、この場所を思い出すようになったのである。

ぼくが「授業」をしたのは、すでに書いた「きの校」グループ唯一の高等専修学校「きのくに国際高等専修学校」の子どもたちに、である。この「きの高」にも、もちろん、「きの校」の理念と形は受け継がれている。ぼくは大学でも14年、学生たちを「教え」てきたけれど、ここでの2日間の「授業」ほど緊張したことはなかったように思う。それがどのようなものだったか、読んでいただけると幸いだ。

一つだけ確かなことは、ここでいちばん「学ぶ」ことができたのは、子どもたちではなく、ぼく自身だったことだ。

このような試みがあらゆる場所で行われることを、ぼくは心の底から願っている。

高橋源一郎

1日目

たぶん、読んじゃいなよ!

「5と3/4時間目の授業」って？

高橋　こんにちは、高橋源一郎です。作家で、明治学院大学の先生で、この学校の仲間である「南アルプス子どもの村中学校」の1年と2年に通う生徒ふたりのお父さんです。この学校に来るのは3回目だと思います。最初にここに来たのは7年前ですね。とても懐《なつ》かしいです。あれから7年経《た》って、校舎もちょっとぼろくなったけれど（笑）、相変わらずすてきなところですね。最初に来たとき、堀さん（学園長）に校内を案内してもらって、いろいろ教えてもらいました。そのとき、初めて全校ミーティングに参加させてもらって、そのミーティングも素晴らしいなあと思いました。また来たいなとずっと思っていたので、今回また来ることができてうれしく思っています。

　さて、これからぼくがみなさんと一緒に授業をするわけですが、それがどういうものか、知ってますか？　この授業は、最初から本になることが決まっています。マジ？　はい、マジです（笑）。本は講談社という出版社から出るんですが、きみたちのような子どもがいるところに、それぞれ専門をもつ大人が行って、心の底からきちんと話をする。今の学校ではできないような授業をやって、それをほかの日本中の子どもに届けるというプロジェクトです。その第1弾がこれなので、失敗できません（笑）。そういうミッションでありプロジェクトだと思ってください。

さて、まず決めなければいけないのは、名前です。どんなことでも、まず、名前をつけることから始めるものです。子どもが生まれたときには、その子の名前をつけるように、です。あなたたちと始めるこの授業にも名前が必要です。ここに来るまで、いろいろと考えてみました。ほかのどこにもなくて、聞いただけでなんとなくやる気になって楽しくもなるような、できたら、どんな授業になるのか中身もわかるような、そんな名前をつけたいと思いました。「数学」とか「国語」とか「倫理社会」とかじゃなくて。というわけで、今日と明日の授業の名前は、「5と3/4時間目の授業」です。さあ、とりあえず始めてみることにしましょう。あなた、名前は？　教えてもらえるかな？

子ども　マヤです。

高橋　マヤちゃんですね。一つ、決めていたことがあります。今日と明日は、ぼくがいつも大学でやっている授業とまったく同じやり方で進めていきます。で、ぼくの授業ではいつも「犠牲者」が出ます。大丈夫、ケガしたりはしません（笑）。ただ、集中して意見を訊《き》かれる役の子どもが必要です。ぼくの目の前に座っちゃったのが運の尽き。今日はマヤちゃんがその犠牲者です（笑）。

マヤ　はい。

高橋　そうそう、この授業にはサブタイトルもつきます。まあ、ニックネームみたいなものですね。それが、「答えより問いを探して」です。

さっき打ち合わせをしたとき、この授業の世話係の人は「『5と$\frac{3}{4}$』ってなんですか？」ってぼくに訊きました。ぼくはとても感動しました。いや、当たり前ですよね。知らないことがあったら質問するっていうのは。なんですかって、訊かれたら、もちろんぼくは答えます。でも大学で初めて授業をしたとき、びっくりしたことがあったんです。誰も何も質問しないんです！　絶対にわからないことがあったはずなのに。どうしてなんだろう。不思議だ。だから、ぼくは、2回目の授業のときは黙っていることにしました。授業中の90分間、ずっと黒板の前の椅子に座って黙っていました。すごく辛《つら》かったです、何もしないでいるというのは（笑）。それで90分経ったとき、こういったんです。

「ねえ、きみたち、どうしてぼくが黙っているのか訊かないのかい？」って。そしたら学生は、「何か意味があるんじゃないかと思いました」「何かそのうち指示があるだろうと思っていました」っていったんです。なるほど。それは、ある意味で正しい回答です。別に間違っていません。たぶん、ぼくは何か指示を出すべきだったんでしょう。ぼくの、この沈黙には意味があるんだ、その意味を考えなさい、って。でも、人生何があるかわかりません。授業をしている間だって。もしかしたら、ぼくが突然病気になったのかもしれないし。いや、とりあえず、何かを話しかけてみてもよかったんじゃないでしょうか。だから、さっき質問されてうれしかったんです。でも、今日は大丈夫です（笑）。たくさんしゃべる予定です。あなたたちに嫌がられない程度に。

カリキュラムにはのらない授業

高橋　ところで、この授業の「5と$\frac{3}{4}$時間目の授業」という名前は、読んだ人も多いと思いますが、かの有名な『ハリー・ポッター』から来ています。ハリー・ポッターの舞台になっているホグワーツ魔法魔術学校へ行く特急は、ロンドンのキングズ・クロス駅の「9と3/4番線」からスタートしますね。ところで、「9と3/4番線」は実際にはありますか?

マヤ　わかりません。『ハリー・ポッター』を読んだことがないので。

高橋　ハリポタ読んだことないの⁉　そうかあ。じゃあ、あなた、どうですか?

子ども1　えっと、お話の中にはあります。

高橋　うまいことというなあ。では、お話ではなかったら?

子ども1　現実にはないでしょうね。

高橋　いい方が冷たいなー(笑)。「9と3/4番線」はお話の中にはある。でも、現実の中には、まあ、ないでしょう。たぶん、ほとんどの人たちはそう答えると思います。でもぼくたちは世界を全部見たわけではありません。だから、もしかしたら、ほんとうにあるかもしれない。そうではなくても、「お話」の中なら、「9と3/4番線」があると思っている人がいる。「お話」の中にはね。とすると、「5と3/4時間目の授業」はどういう授業だと思いますか?

マヤ　……わかりません。

高橋　その授業はもう始まっているんだけれどね。

ふつうの学校の授業には、理科とか英語とか歴史とか名前がついています。そういう授業って、なんだかあんまり楽しくないことが多い。だいたい、そういう授業には、教科書というものがあって、そこに書いてあるようなことを先生がしゃべるものです。公式を暗記したり、単語や歴史上の事件が起こった年を暗記して、それから方程式を解いたり、長い英語の文章を日本語にするテストをやって、全問正解したらOK。うまくできた。最高。ふつうの授業はそういうやり方をしますよね。そういう授業にもきっといいところがあるんでしょう。でも、それだけが授業なんでしょうか。ぼくは、そう疑問に思うようになりました。でもどうして、ぼくはそう思うようになったんでしょう。その理由をちょっと考えてみましょうか。

大学にはカリキュラムというものがあって、そこにはぼくの授業ものっています。もちろん、その授業にはさっきいったようなふつうの名前がついています。たとえば「言語表現法」とか。でも、それはぼくが考えたものじゃありません。それに、なんだか大げさな気がします。そんな名前がついた授業、ぼくはあまり受けたくありません。でも、大学の授業の名前は、というか、学校の授業の名前はたいていそういうものです。

ところで、この「5と$\frac{3}{4}$時間目の授業」なんて名前はカリキュラムに書けません。それに、シラバスにも書けません。シラバスというのは、簡単にいうと「授業計画表」です。そういうものが必要だって、ぼくは大学の先生になるまで知りませんでした。だいたい、ぼくは大学の授業というものにほとんど出たことがないので知らなかったのですけれどね。大学では授業の内容を細かく書いて文部科学省というところに提出しないといけないんだそうです。

1年に30回授業があるとして、その一回一回の予定を書かないといけないと聞いて、ぼくはびっくりしました。1年先のことなんか、わかりません。だいたい、ぼくが生きているかどうかさえ！　それなのに、どんな本を使って、どんな内容のことを教えていくか書かなきゃならないというのです。困りました。だって、ぼくは二つの授業をやることになっていて、一つが「言語表現法」、もう一つが「現代文学論」という名前だということは知っていました。でも、決めているのは、一つの方では、書くことに関する何かを、もう一つの方では、読むことに関する何かをやろう。それだけだったのです。

どうしてかっていうと、ぼくは、授業というものは、目の前にいる子どもたち、そう、あなたたちを見てから考えるものだと思っていたからです。だって、会ったことも話をしたこともないのに、この本のここを、ここまで読みます、って、バカみたいでしょ？　ぼくはそう思ったんです。なんでそう思ったと思いますか？

なんでも最初から決まっていたら、つまらないじゃありませんか。授業が始まって、何か知らないことが目の前で生まれてきて、そのことを考えて、終わったら何か知らなかったことを知って、よかったなと思えたらいい。それでシラバスには、「未定」と書いていました。そうしたら3年経ったとき、大学の教務課から注意されたんです。ほかの先生は決まってなくてもちゃんと書いてるって。でもぼくは嘘《うそ》を書きたくなかった。だから書かないでいたら、あんまりいうこと聞かないと、国から文句をいわれますといわれたんです。困った。あまり学校に迷惑はかけられないし。

ぼくは自分が作家だということを思い出しました。それで、シラバスというタイトルの小説を書いてみたんです。「1回目、空を見て感動する」「2回目、また空を見てなぜ感動したか考える」みたいに（笑）。これはぼくのサイトで見ることができます。以来、毎年改訂版を出しています。

文学と哲学の役割は？

高橋　そして、ぼくは何を教えているか、という問題に戻るわけですが、まず全体の始まりについてお話ししましょう。ぼくが教えているのは、明治学院大学というところの国際学部という場所です。大学では講義科目が決まっています。国際学部なので、国際法とか国際経済とか国際地域研究などなど、国際に関する講義科目が百何十とあります。それ以外に一般教養という科目があって、これは1年生からやります。3年生になったら専門の勉強をするようになります。だけどぼくの大学の国際学部にだけ、ほかにはない講義科目があるんです。さて、なんでしょうか？　マヤちゃん？
マヤ　わかりません。
高橋　わからないよね。ヒントをあげましょう。ヒントはぼくです！
　大学で教えるようにと誘われたとき、最初は文学部に呼ばれたのかと思いました。国際学部に文学は関係ないですよね。でも明治学院大学では国際学部を作ったとき、絶対にほかの大学の国際学部ではありえない科目を二つ、入れたそうです。それは、文学と哲学でした。そして、文学の担当をぼくがやることになったってわけです。ところで、なぜ、文学と哲学を、授業科目に入れたのか。それには理由がありました。マヤちゃん、なんだと思いますか？

マヤ　わかりません。

高橋　わかりませんじゃなくて考えてみましょう（笑）。理由を聞いてびっくりしました。

日本中に国際学部と名のつく学部はたくさんありますが、文学や哲学を専門科目にしているのはぼくが教えている大学しかありません。大学というところは、まず、最初の2年で、学問のいろんな分野を学びます。なので、もちろん、文学や哲学に関係のない学部の学生も、文学や哲学を教わります。でも、3年生になると、もう自分の専門しか勉強しなくなるのです。というわけで、国際学という学問では、国際経済や国際法やアメリカ研究といった、いかにも「国際的」な講義を学びます。でも、なぜか、ぼくの教えている大学では、3年生になっても、文学や哲学を、その専門として習うのです。その理由はなんでしょう。

では、ヒントを一つ。文学は何の専門だと思いますか？　ちなみに経済学は経済が専門、歴史学は歴史を専門にしています。当たり前ですね。では文学は？

マヤ　ことばとか？

高橋　いいですねえ。文学はことばと人間を専門とする「学問」です。いや、文学は、ほかの「学問」とはちょっと違っていますね。文学は、研究するよりもまず、読んだり、書いたりする対象なんですから。では、哲学は何の専門か知っていますか？　哲学は「考えることとは何か」を考えるのを専門にしています。わかるかな？　少し簡単にいうと、経済学はどうやったらお金が儲《もう》かったり損したりするかとか、この社会とお金の関係を考える学問です。でも、お金を使って売ったり買ったりするのは人間ですよね。では、経済学ではその人間について、ほんとうに知っているのでしょうか？　そこからぼくたち文学の仕事が始まるのです。そして、哲学は、こういうことをこういうふうに考えているやり方そのものが、正しいの？　と考えることが仕事です。

　ですから、文学や哲学は、ほかの専門の学問たちがやっていることをチェックしているのだともいえます。どんな学問でも対象として人間は登場するし、どんな学問でも、とにかく、なんらかの形で考えるということをしているからです。でも、ほかの学問たちは、研究するのに忙しくて、自分が対象にしている人間の奥底に目がいかなかったり、対象にしているもののことばかり考えているので、ほんとうにきちんと考えているのかを、考える余裕はありません。そういうとき、なんでも勉強するのはいいけれど、それだけをやっているとほかが目に入らなくなるよね、それでいいの？大丈夫？ってチェックするのが文学と哲学なんですね。ほかの学問たちは答えを探すのが仕事。そして、答えより問いを探すのが、文学と哲学の仕事です。

たいていの学校では教科書で正解を勉強して、後でテストに正解を書くと100点がもらえるでしょう。文学と哲学はそういうことはしません。そもそも正解があるのか、を考えるのです。それが「問いを探して」ということです。ぼくはそれがいちばん大切だと思っています。

ソクラテスはなぜ自分で書かなかったのか

高橋　ところで、ぼくは小説を書いていますが、「正しい」小説ってあると思いますか？　マヤちゃん。

マヤ　ないと思います。

高橋　ですよね？　「正しい小説」なんて、なんだか気持ち悪いです。もちろん、小説に「正解」なんかありません。じゃあ、哲学はどうでしょう？　哲学の歴史をさかのぼると、その起源のあたり、古代ギリシアにソクラテスという人がいます。だいたい、哲学者というと、このソクラテスという人が第一号ということになっています。では、このソクラテスという、「最初の哲学者」の特徴はなんだか知っていますか、マヤちゃん。

マヤ　知りません！

高橋　そうだよね（笑）。ソクラテスの特徴は、自分では書いていないってことです。「ソクラテスの本」といわれているのは、実はみんな弟子のプラトンやアリストテレスが書いたものなんです。じゃあ、どうしてソクラテスは自分で書かなかったのでしょう？

マヤ　自分ではわからなかったからとか？

高橋　うーん、ソクラテスはそんなにバカじゃないと思うけどなあ（笑）。

自分で書くと、ずっと後になって「ソクラテスはこう思っていたんだ」と思われてしまうのがイヤだったんじゃないか。ぼくはそう思うことにしています。「自分の考え」が、ある限られたものにされてしまう。そういうことがイヤだった。ほかの人が書けば、ソクラテスがどう思っていたかわからないでしょ？　その人が「ソクラテスという人はこう思っていた」と思っているだけなんだから。

はっきりさせないために、わざと書かなかったんじゃないでしょうか。そもそも、ソクラテスは、ことばや考えを「本」の中に閉じこめることに疑いを持っていたのかもしれません。ソクラテスは、「真理とはこういうことだ」とはいわずに、いろんな人と対話することを通して、「真理」について考えることを経験させようとしたのです。あれ？　もしかしたら、この授業もそうかもしれませんね。

もう一つ例をあげましょう。聖書って読んだことありますか？　聖書も同じです。主人公のイエス・キリストは自分では書いていません。新約聖書にはマタイ、マルコ、ルカ、ヨハネと四つの福音書があります。どれも全部イエスの話が書いてあるんですが、マタイ、マルコ、ルカ、ヨハネと4人の違う弟子たちが、別々に書いていて、内容が少しずつ違っています。おかげで、イエスがほんとうは何を考えていたのかよくわからない。自分で書くと、それが答えになっちゃうでしょ？　だから、イエスは4人の弟子に4通りの答えを出させたのかもしれません。そうすることで、自分がほんとうは何を考えていたのか、後から来る人たちに考えてもらおうと思ってね。

ソクラテスもそうです。哲学はもともと、すべてを疑うものです。じゃあ、いちばん確かそうなものはなんだろう。とりあえず「自分」ですね。だったら、まず、そのいちばん確かそうな「自分」から疑ってみたらどうだろう。ソクラテスが、あえて自分では何も書かなかったのは、あらゆるものを疑うということはこういうことだよ、っていいたかったからじゃないでしょうか。

自分で書いてしまったら、答えはわかったことになる。まだわかってないということを示す意味で、あえて自分では書かなかった。それくらい用心深かったわけです。自分では書かず、わざわざ弟子に書かせる。弟子によって見ているところがマチマチだから、書かれた内容もそれぞれ違ってくる。それを読むと、いったいソクラテスやキリストは、ほんとうは何を考えていたんだ？　となるでしょ。わからなかったら考えるでしょう、誰だって。

だからキリスト教徒は2000年間、考え続けてきたわけです。いえ、キリスト教だけではありませんね。実は、仏教だってイスラム教だって、残っている聖典はみんな、いちばん大切な「神さま」や「仏さま」の「ことば」を、「弟子」の人間の誰かが代理になって、通訳したものなんです。「これが、神さまのことばだよ」って書いてあるけれど、それは「弟子」が勝手にいっているだけ。そうやって、人間は何千年も「答えより問いを探して」きたんですね。

さて、1日目の授業のタイトルを発表します。「たぶん、読んじゃいなよ！」です。ちょっと変わったタイトルの授業ですね。実は、2年前（2016年）に岩波新書から『読んじゃいなよ！――明治学院大学国際学部高橋源一郎ゼミで岩波新書をよむ』という本を出しました。ぼくのゼミの学生たちとぼくで作った本です。これはちょっと変わったプロジェクトがもとになってできた本でした。

どういうプロジェクトかというと、日本一すごい先生をお呼びして、大学で特別授業をやってもらい、その場で先生とディスカッションをする、というものです。お招きしたのは、哲学の先生と憲法の先生と詩の先生、つまり詩人。ぼくが、その分野で日本一と思っている人たちでした。すごくおもしろそうだけれど、よく考えたらすごく大変です。

だって、日本でいちばん憲法に詳しい先生を呼んできて、授業をやってもらっても、何をいっているのかちんぷんかんぷんでは意味がありません。なので授業の前に半年間くらい勉強して、直前には合宿して、先生と対決する準備をしたのです。そんな苦労があってできた本なんですよ。そして、今、二つ目の本のプロジェクトをやっています。タイトルは『書いちゃいなよ!』。今回は、この二つの本のタイトルを、それぞれ2日間の授業の名前にすることにしました。

「すじ道を立てて考えてみよう」

——『ナルニア国ものがたり』の先生

高橋　さて、始めましょう。どこか知らないところにみんなで行けるといいですね。その前に、メガネを替えさせてください。老眼鏡がないと読めないんですよね(笑)。はい、最初の紙を見てください。これは、『ナルニア国ものがたり』のある部分を抜き出したものです。『ナルニア国ものがたり』を読んだことがある人はいますか？　いたら手をあげてください。

（生徒10人、手をあげる）

ワオッ！　すごいですね、みんな。これは、その中の『ライオンと魔女』の一節です。『ナルニア国ものがたり』を読んだ人はわかると思うけれど、これは4人きょうだいが主人公のお話です。舞台はイギリス、時代は戦争中。上からピーター、スーザン、エドマンド、ルーシィの4人は、戦争の被害を避けるために親と離れて田舎に疎開して、ある古い家に住むことになりました。その屋敷《やしき》は古くて不気味で、なんだか、謎に満ちているんですね。

ある日、その広い屋敷の中をみんなで探検していて、ルーシィは古いクローゼットがある部屋に入ります。そして、そのクローゼットの中に入り、ふと奥の壁を押すと、雪が降っている別の国、ナルニア国に行ってしまいます。ルーシィはそこでフォーンという、獣と人間の中間みたいな生きものに会って、戻ってきます。ルーシィはそのことをピーターたちに話すんですが、誰にも信じてもらえない。それでルーシィはもう一度クローゼットの中に入り、ナルニア国に向かいます。ルーシィのすぐ上の兄のエドマンドも、ルーシィのあとをつけてナルニア国に行くのですが、このエドマンドはちょっといじわるで、みんなには、ぼくは行ってないよというんです。ルーシィは嘘をついているんじゃないかときょうだいが揉《も》めて、ピーターとスーザンはこの館の主人である「先生」のところに相談に行きます。

みなさんに渡した紙は、この相談のシーンです。71ページからですね。読んでみましょうか。

「でもそうだとすると――」とスーザンはいいかけて、またつまってしまいました。スーザンは、おとなのひとがこの先生みたいに話すとは夢にも思っていなかったので、どう考えていいかわからなくなってしまったのです。

「論理じゃよ！　すじ道を立てて考えてみよう。」と先生は、じぶんにいいきかすようにいいました。「このごろの学校では、論理を教えないのかな。ありそうなことは、三つ――妹さんが、うそをついているか、気がふれたか、ほんとうのことをいっているか、しかない。そのうち、うそをつかないことはわかっとるし、気がちがったのでないこともあきらかだ。してみれば、ほかの証拠がでてき

て、ひっくりかえしでもしないかぎり、さしあたっては、妹さんはほんとうのことをいっていると、推論しなければならん。」

スーザンは、まじまじと先生を見つめました。先生の顔つきからみれば、からかっているのでないことは、たしかです。

「でも先生、あの話がほんとうなはずがありましょうか？」とピーター。

「なんで、そういうのかね？」と先生。

「たとえばこういうことです。もしほんとうにあるものでしたら、だれでも衣装だんすにはいるたびに、その国が見えるわけでしょう。でもほら、ぼくたちがそこをさぐった時、何もなかったんです。ルーシィだってあの時、見たようなふりをしませんでしたよ。」

「だからどうだというのかね？」

「でも先生、もしじっさいにあるものなら、いつだってあるはずでしょ？」

「そうかな？」と先生がいいました。こういわれるとピーターは、どういっていいかわからなくなってしまいました。

「でも、時間はどうでしょう？」こんどはスーザンがいいました。「そんな時間はありませんでした。かりにそんな国があったところでルーシィがそこへ出かけたなら、時間がかかります。それだのにルーシィは、わたしたちが部屋を出たすぐあとで、追っかけてきたんですもの。一分もたちませんでしたわ。ルーシィは何時間もかかったようなようすでしたけど。」

「そこのところこそ、ルーシィのお話をほんとうらしいと思わせる点だな。」と先生がいいました。「じっさいにこのやしきのなかに、よその世界へかよう入り口があるとしたら、(これだけはあんたがたにいっとくが、このやしきはまことにふしぎな家でな、わたしでさえさっぱりわからんところがあるよ。)──そしてルーシィが別世界へふみこんでおったら、その世界どくとくの時間がべつにあったとしても、おどろくにはあたるまい。別世界でどれほど長くとどまろうと、こっちがわの世界の時間をかけたことにならないのだろう。またいっぽうからいえば、ルーシィぐらいの女の子が、じぶんでそんな時間のことを思いつくとは思えない。もし想像のごっこ遊びをしているんだったら、かなりの時間をかけてかくれていて、それから出てきて話をするはずじゃないか。」

「では先生は、」とピーター。「ああいう別世界がやたらにあるとおっしゃるんですか。角をまわれば、すぐそこというふうな？」

「それ以上にありそうなことは、ないよ。」こういって先生は、めがねをはずしてそのレンズをふきはじめながら、ぶつぶつひとりごとをつぶやきました。「いったい、いまの学校では、何を教えておるのかな。」

——C・S・ルイス作、瀬田貞二訳『ライオンと魔女』岩波書店

高橋　はい、マヤちゃん。感想どうぞ。ぼくのゼミではこうやって、ただちに生徒たちに感想を訊く圧迫授業をやっています（笑）。どう？
マヤ　……おもしろかったです。
高橋　おもしろいよねー。でも、何がおもしろかった？
マヤ　……ちょっと、わかりません。
高橋　きみはどうだった？
子ども1　感想ですか？　えーっ、なんだろう、論理とか道筋って立ってないっていうか立ってるっていうか……最近の世界に似ているような気がして……。
高橋　じゃあ、あなたは？『ナルニア国』は読んだことがある？　登場人物では誰

がいちばん好き？

子ども2　私はルーシィが好きです。先生がいっているのは、なんか理に適《かな》っているような気もするし、はぐらかされているような感じもするっていうか。私だったらそんな相談されたら、想像の話じゃないのかなあっていってしまうかもしれません。

高橋　きみは、『ナルニア国』を読んだ？

子ども3　はい。私も1回読みましたが、このシーンは覚えていませんでした。私なら実際に見るまでは信じられないと思います。ピーターやスーザンは見ていないから信じられないと思います。

高橋　はい。きみは？

子ども4　感想ですよね。先生は探偵みたいだと思いました。もったいつけて話さない探偵みたい。

小説に「誤読」はない

高橋　ありがとう、みなさん。

ふつうの授業では、本や教科書を読んで、これはこういうことなんだと先生が説明します。ところが、その本が小説や詩の場合だと、これはこういうことだってなかなかいえません。いや、問題なのは、そうじゃなくって、小説や詩のような答えなんかないものでも、まるでほかの答えがあるといわれている科目の本と同じように、説明しようとすることです。この小説の作者はこういうことを考えて書いたんだ、って。

でも、そうなんでしょうか。小説や詩は、さっきのソクラテスや福音書みたいに、作者が自分で出てきて「こう思う」とは書かないものです。当然ですが、「ナルニア国はあると思う」とは書いてありません。ただ、「ナルニア国」のことが書いてあるだけです。ほんとうに、この4きょうだいが行ったり見たりしたのかは、実はわかりません。もしかしたら、全部、ルーシィが見た夢なのかもしれないのですからね。

ぼくの授業では、何かを読んで、みんなの感想を聞いて、その上で、その意見はちょっとおかしいねとはいいません。みんなはそう思うかもしれないけれど、ぼくはこう思います、というだけです。だって、ぼくの意見が正しいかどうかわからない。というか、そもそも正解があるかどうかわからないからです。ところで、ぼくもこの作品の作者と同じように小説を書いてますが、たぶん、小説を書いている人がみんな共通して考えていることがあるんです。なんだと思いますか？　マヤちゃん。

マヤ　……いろんな想像をしてほしいとか。

高橋　そうです！　どんな作家だって、自分の書いた小説を好きになってほしいと思います。でも、それ以上に、その作品を読んでいろいろ考えちゃったといわれるのが、うれしいんですね。

ぼくは昔、『「悪」と戦う』というタイトルの小説を書きました。そしたら、読んだ人から、作者のぼくがまったく想像もしていなかった感想をもらってびっくりしたんです。たとえば、「すごいですね！　悪と一緒に戦うなんて。それまで、『悪』なんてやっつける対象だと思っていたのに、この小説では、悪と共に戦うんだから」といわれたんです。タイトルを“Fight with evil”と読んでくれたんですね。でも、作者のぼくは、そんなこと、これっぽっちも考えてはいませんでした。いわれて初めて、ぼくは自分が書いたこのお話を読み返して、まったくもって、その読者のいう通りだと思ったのでした。ぼくが書いたことをもとに、その人は、作者のぼくとはまったく別のことを考えてくれたんです。ぼくは、それがほんとうにうれしかったんです。

「誤読」ってことばがありますね。正しい読み方が一つしかなくて、それ以外の読み方は全部「誤読」で、「誤」ということばが入っているから、「誤り」だって。でも、ぼくはそうじゃないと思っています。そこに書かれている文字はどんなふうに読んでも自由なんです。作者さえ気がつかなかったことに読者が気がついて、作者のぼくが影響を受ける。それくらい、小説の世界は広い。そこに何が落ちているのか、作者だってわからないんですからね。

想像力を生む場所

高橋　さあ、話を戻しましょう。『ナルニア国』を読んで、ぼくが気になったことをいいますね。それは、先生です。みんなは先生のことが気にならなかったみたいだけれど、ぼくはこの先生がすごく気になります。気になる理由はいくつかあります。まず年齢がぼくに近いことです（笑）。ずいぶんお年寄りみたいですね。それから、ピーターやスーザンが常識的なことをいうと、それをこの先生はそうなのかなっていってくれるんですね。常識だから正しいんだろうか。そう思ってはいないかい、って。「いったい、いまの学校では、何を教えておるのかな。」ってね。

ところで、ほんとにファンタジーの世界はないのでしょうか？　実は、これはとても大切なことです。昔はよく、キツネにだまされたとかタヌキにだまされたとかいう話がたくさんあったこと、知っていますか？　人はいつまでキツネやタヌキにだまされていたのか、研究した人がいます。昭和30年代の本にはまだそういうこと、つまりキツネやタヌキにだまされたという事件が書かれていました。それ以降はほとんどいわれなくなったんだそうです。

でも、おかしいですね。キツネやタヌキが急に人をだます能力をなくしたんじゃない。っていうか、そもそも、そういう能力があったのかどうかもわからない。どうやら、人間の方がだまされないような気持ちになっていった。つまり、キツネやタヌキが人をだますことができる、なんてことを信じなくなってきたからだって、その人は書いています。

ところで、マヤちゃん。あなたのおじいちゃんやおばあちゃんは生きていらっしゃいますか？

マヤ　おばあちゃんは生きてるけれど、おじいちゃんは死にました。

高橋　じゃあ、今、おじいちゃんは霊魂になって、その魂がどこかにいると思いますか？

マヤ　えっ……、現実的にはいてくれたらいいなあと思うことはあります。おばあちゃんと一緒にいてくれたら……。

高橋　うまいことというなあ（笑）。オバケなんていないと思っている人がいて、でもおじいちゃんおばあちゃんが死んじゃって、もういないとは思えない。なんでだろう？　理由は？

理由はそれぞれ考えてください。ぼくもそうです。ぼくの父も母も亡《な》くなって、もうこの世にはいません。それはわかっています。でも、時々、父や母のことを思い出します。目をつぶって、思い出していると、そのときしゃべったことばや、どんな様子だったか、細かいところまでくっきり思い出せる。でも、ほんとうはいないんだ。そう思うと不思議な気持ちになります。

少し前、何度もよく話をした、ぼくより少し年上の作家のお葬式に行ってきました。そのとき、知り合いの作家の友だちと話したんだけれど、なんだかその人がもう死んだ、という気がしない。そんな話をしました。ほんとにすぐ近くにいて、ぽんと肩を叩《たた》いて、「タカハシさん、元気?」っていってくれそうな気がして仕方がない。たぶん、その人がいない、っていうことに心というか体というか、ついていけないんだと思います。頭では、亡くなったってわかっているのにね。

ぼくたちのこころへん(心臓のあたり)に、なんかあるんじゃないか。いや、いるんじゃないかって感じるときがありますね。そうそう、映画の『となりのトトロ』でも、子どもたちにはトトロが見えるのに、大人には見えない。そういうものなのかもしれません。子どもには見えて、大人になると見えなくなるもの。そういうものを、たくさん、作家たちは書こうとしてきました。現実には、たぶんトトロなんかいないでしょう。でも、なんとなく、何かがあるんですよね。うまく説明できないモヤモヤっとしたもの。そこが想像力を生む場所なんです。

「絶対にありえないこと」を疑ってみる

高橋　ふつうの意味で論理的に考えるとしたら――それは、現実的に、といってもいいけれど、どう考えてもクローゼットの奥にナルニア国があるはずがないですね。学校では、魂について考えたりしないでしょう？　それは、現実では、「ない」ものだと考えられているからです。そして、ふつう、論理というと、現実に存在するものだけで考えますね。ところが、この先生は違います。この先生がいう「論理」には、現実に存在しないものも入っています。現実に存在するとか、しないとか、そんなことは無視している。そこがすてきですね。もう一回、最後のところを読んでみましょうか。

「では先生は、」とピーター。「ああいう別世界がやたらにあるとおっしゃるんですか。角をまわれば、すぐそことというふうな？」
「それ以上にありそうなことは、ないよ。」こういって先生は、めがねをはずしてそのレンズをふきはじめながら、ぶつぶつひとりごとをつぶやきました。「いったい、いまの学校では、何を教えておるのかな。」

――前掲書

高橋　ピーターは、ふだん学校や家で習っているように、常識に従って、そんな「別世界」は「絶対にありえないこと」だといいます。それに対して、「絶対にありえないこと」だからこそ「それ以上にありそうなことは、ないよ。」と先生はいうのです。いったいどうして、先生はそんなことをいったのでしょうか。

「絶対にありそうにないこと」が目の前にあったら、もうぼくたちは、それ以上考えません。でも、先生は、それこそ考えるに値するものではないかというのです。もしかしたら、ほんとうに「絶対にない」のかもしれません。考えてみた結果そうなったら、それでもいいではありませんか。でも、今までも、とんでもない発見をした学者や冒険家、そして芸術家たちは、「絶対にない」といわれたのに、ひとりだけそれを疑って、前へ進んでみたのです。

ここで、先生がいう「論理」は、ぼくたちが、ふつう教えられる論理とは違います。でも、先生は、世界はもっと広いよ、あなたたちの知らないもの、想像もできないものがいろいろあるよ、だから、何かを決めるのはもっと後にしなさい、まずは、自分の信じる心を大事にしなさい、といっているように思えます。

ぼくがいい先生だと思えるのは、質問されるまで黙っている先生です。そして質問されたら、答えではなくて質問で返す。答えを与えるのではなく、最初の質問で感じた疑問をもっと大きく成長させて、さらに大きな疑問にしてくれるような先生です。

ところで、今日はみなさんに、ぼくの好きな先生を何人か紹介しようと思っていました。この「きの校」では「大人と子ども」というい方をするけれど、ふつうの学校では「先生と生徒」ですね。そして、そういうときの「先生と生徒」は、「答えを知っている大人」と「答えを教えてもらう子ども」になってしまいます。それでは、先生の方がエラいってことになりますね。ぼくも、大学では「先生」ですが、そんな「先生」はイヤですね。エラくて、答えを知っているからという理由で、生徒たちから先生として見られている先生なんて。どうしてかというと、ぼくは、先生である前に作家だからです。

ぼくは、「先生と生徒」の関係は、「作家と読者」の関係にそっくりじゃないかと思っています。といっても、ふつう、「作家」は書く人で、「読者」は、その「作家」が書いた本を読む人にすぎません。もちろん、本を読むのは楽しいけれど、誰かが書いてくれるのをじっと待っているだけの役なんて、なんか退屈ではありませんか。でも、実際のところ、読者というのは、決して、ただ料理ができるのを机に向かって待っているだけ、フォークとスプーンを握りしめて、「お母さん、ごはんまだできないの？」といっているだけの子どもじゃありません。

「作家」は「読者」がいないと何もできません。というか、「読者」が存在する前には、「作家」はいないのです。そりゃそうですよね。何かを書いて、それを印刷して、机の前に積み上げて、「ほら、ぼくは作家ですよ！」と大声で叫んでも、そこに、その本を読んでくれる「読者」がいなければ、まだ「作家」は生まれていないのです。

「先生と生徒」の関係もまるで同じです。生徒がいるから、その人の話を聞いて、それから、その人に話しかける誰かがいる。つまり生徒がいるから、先生も存在できるってわけです。「論理」的に考える、というのはそういうことです。

「常識」では、「作家」がエラくて、その「作家」の書いたものを、ありがたそうに「読者」が読む。「常識」では、「先生」がなんでも知っていて、「生徒」という名前の子どもたちは、その「先生」が教えてくれることをなんでも覚えて、それをたくさん覚えれば覚えるほど、「いい生徒」ということになってしまう。「ナルニア国」に出てくるこの先生は、そう思ってはいませんね。「論理」的に考えると、そうはならないことを知っているのです。いえ、あなたたちは、実はそのことをよく知っているはずですね。

たとえば、「きの校」では、大人のことを「かとちゃん」とか、ニックネームで呼ぶでしょう？　えっと、「かとちゃん」は、ぼくの子どもたちが通っている「南アルプス子どもの村」の校長先生です。って、知ってますよね。それで、小1ぐらいの、こんなちっちゃな子が「かとちゃん、こっち来なよ」とか命令しています（笑）。それは、この学校では、「大人と子ども」の間に上下関係がないからです。

それを象徴しているのが、「先生と生徒」という呼び名を廃止したことなんです。きの校で「大人と子ども」というのは、先生と生徒の上下関係をなくしているからです。ぼくは子どもの父親ですが、子どもたちがこの世に生まれてくるまでは親ではありませんでした。だから、子どもがいるから親になったのです。そう、子どもたちがぼくを「親」にしてくれたわけです。『ナルニア国』に出てくる先生がいっているのは、そういうことだと思います。「論理」的に考えると、大人と子どもには同じ権利がある。いや、子どもが先で親が後。だとするなら、ほんとうに「論理」的に考えると、常識とは反対方向に行ってしまう。

ぼくを作家にしてくれた先生は誰?

高橋　ところで、どうして、こういった先生たちをあなたたちに紹介しようと思ったのか、そのことを説明しておきましょう。

あるとき、授業をしようとしていて、突然、気づいたことがあります。ぼくは、31歳で小説家になりました。では、いったい、ぼくを小説家にしてくれた先生は誰だったんだろう、って。そう思ったんです。小学校のころは、ほとんどずっと、教室の窓から空を眺めて、「はやく授業が終わらないかな」と思っていたので、何かを勉強した覚えがありません。中学と高校のころは受験校だったので、とにかく試験の前の日になんでも丸暗記して次の日には全部忘れてしまいました。そして、せっかく入った大学ですけれど、全部合わせて、授業には5回しか出ていません。そういうわけで、長い学校生活で教わったことは、ほとんど何もないのですよ! じゃあ、どうして作家になれたんだろう? どうも誰かに何かを教わったような気がするんだけど。さて、ぼくを作家にしてくれた「先生」は誰だと思いますか?

子ども1　気がついたらなってたとか？

高橋　だったらいいけどねえ（笑）、そんな能力ありませんでしたねえ。マヤちゃんは、どう？

マヤ　うーん……親？

高橋　残念。ぼくの親は、ぼくがしていることに何の興味もありませんでした。ぼくに小説を教えてくれたのは……。

子ども2　本とか？

高橋　そうです！　本の中に先生がいたんです。ぼくには何人も大好きな作家がいて、この作家のようになりたいと憧れて、真似《まね》て、その人のことや、その人が書いたものを読んでいるうちに、気がついたらぼくは作家になっていたのです。その名前を一つ一つあげるのは、ここではやめておきましょう。またいつか、あなたたちの前でお話をする日が来たら、そのときには、たくさんの名前をあげて、それから、たくさんの作品の名前や、その一節を朗読したいと思います。

たとえば、ぼくは、どんなふうに「先生」を見つけたんでしょうか。ときには偶然、たいした理由もなく、本を読んでいて、その中に、です。また別のときには、誰かがおもしろいよといってくれた本の中に、です。とはいえ、本の中にいるのは、それを書いた作家ではなく、作家が作り上げた登場人物やお話にすぎません。作品という部屋に入ったときに、ぼくを教えてくれる「先生」の姿はどこにもないのです。

こう考えてください。「教室」に入ると、誰もいません。あるのは、教壇と黒板とそれから、生徒たちが座る机です。黒板には、いろいろなことばが書きつけてあります。そして、最後に「先生は、ちょっと出かけてきます。その間、そこらにあるものを読んで待っていてください」ということばが。だから、ぼくは、そこらに書いてあることばを読みます。なんておもしろいんだろう。なんてワクワクするんだろう。いったい、このことばにはどんな意味があるんだろう。先生がやってきたら、絶対、直接質問してみるんだ、って。でも、先生は結局、姿を現しません。だから、ぼくは教室を出てゆきます。それから……それからしばらくして、また、ぼくは、あの「教室」に行きたくなる。たとえば、何年かぶりで。「教室」に入ると、やっぱり先生はいません。教壇と黒板と机があるだけ。そして、黒板にはやっぱりたくさんのことばが書いてあって、最後に「久しぶりだね、元気かい。先生は、さっきまで待っていたんだけどね。ちょっと、コーヒーでも飲んできます」と書いてある。いえ、やっぱり、その「教室」には、ぼくたちの質問に答えるために先生が待っているのかもしれません。

自分で探さなければ、先生には出会えない

高橋　たとえば、ぼくは、トーマス・マンという作家が書いた『ヴェニスに死す』という小説が大好きです。これは、年老いた作家がヴェニスという街に旅行に来て、ある若者に恋をする物語です。あまりにも年が離れているので、打ち明けることもできずに、ただその老作家は、その若者を遠くから見つめることしかできません。

ぼくは、この小説を、たぶん、5～6年に1回ぐらい読み返しています。すると、不思議なことに、何度も読んでいるはずなのに、読み返すたびに新しい発見があるのです。だから、その「教室」の中で、ぼくは、思わず、先生に「またこの本を読んでびっくりしました。何十年も、ぼくは、これは人生の最後の季節にたどり着いた老人が、青春に憧れるお話だと思っていたのに、気がついたら、ぼくはもう、この老作家の年

を越えていたんです！　もしかしたら、この老作家も、自分ではそんなに年をとったような気がしなくて、そのことに驚いていたんじゃないでしょうか」というと、先生はニッコリ笑って、ぼくに「やっとそのことに気がついてくれたかい。きみは、この登場人物の年齢だけを見て、老人と決めつけていた。世間の人たちがそうするように。でも、人間というものは、実際には自分が年老いたことになかなか気づかない。そして、鏡に映る自分の顔を見て、びっくりしたりするんだよ」といってくれたのでした。

こんなことが、本を読むとよく起こります。本の中にいる先生は、こちらから会いに行かなければ、そして、こちらから大切な質問をしなければ、何も答えてくれません。本を開けて読まなければ、その先生に会うことはできないのです。

だから先生は探さないといけない、とぼくは思います。それから、どっちかというと、先生は死んでる方がいい（笑）。トーマス・マンもずいぶん前に死んだ人です。

ぼくの机のいちばん近くにある本棚には岩波文庫が並んでいるんだけれど、あるとき、その本棚にある本を書いた人たちはみんな死んでいることに気づきました。その反対側には、生きている人たちが書いた本を収めた本棚があります。いったい、どっちの本を書いた人たちが、しゃべってくれるだろうか。ふつうは、生きている人たちがたくさんしゃべるような気がしますよね。だって、死んじゃった人たちは、もう何もしゃべれないのだから。でも、不思議なことに、死んでる人たちの方がずっとたくさん、生き生きとしゃべってくれるような気がするんです！

というのも、その死んでいる人たちが書いた本は、もう何百年も、ときには何千年も「生き」つづけていて、それは、みんながその本に立ち寄って、その中にいる先生の話を聞きたいと思いつづけてきたからなんですね。ところが、生きている人たちが書いた本のほとんどは、何年かすれば、もう誰も立ち寄らなくなってしまう。それは、その本の中の先生は、黒板に毎年同じことばかり書いているような人が多いからなのかもしれません。

ことばの中で生きつづけているような人は、ふつうに生きている人よりもずっと生き生きしているような気がします。まあ、『ナルニア国』の先生って、死んでる以前に、そもそも存在していないわけなんですが(笑)。いや、「ありそうにないこと」こそ「もっともありそう」という『ナルニア国』の、あの先生は、もしかしたら、自分のことをいっていたのかもしれませんね。

何かが「ある」というのは、もちろん、すてきなものに限りますが、「いい」ことです。ふつうに考えると、『ナルニア国』で４人のきょうだいたちにいろいろ教えてくれる、あの先生は「いない」はずですね。でも、ぼくは、あの先生は、絶対に「いる」と思っています。だから、何か考えたいことがあったり、悩みがあったりすると、何度も、先生に会いに行きたくなるんです。そして、そのときには、必ず、この先生はぼくと話をしてくれるんですよ。

「自殺をしてもいいのか？」

——鶴見俊輔さんの答え

高橋　では、次に鶴見俊輔《つるみしゅんすけ》さんという哲学者の文章を読んでみましょう。

私の息子が愛読している『生きることの意味』の著者高史明《こうしめい》の息子岡真史《おかまさふみ》が自殺した。

『生きることの意味』を読んだのは、私の息子が小学校四年生のときで、岡真史

（十四歳）の自殺は、その後二年たって彼が小学校六年生くらいのときだったろう。彼は動揺して私のところに来て、

「おとうさん、自殺をしてもいいのか？」

とたずねた。私の答は、

「してもいい。二つのときにだ。戦争にひきだされて敵を殺せと命令された場合、敵を殺したくなかったら、自殺したらいい。君は男だから、女を強姦《ごうかん》したくなったら、その前に首をくくって死んだらいい。」

そのときの他に、彼と男女のことについてはなしたことがない。私は自分で、男女のことについて、こうしたらいいという自信をもっていないからだ。

私は中年まで、自分は子どもをもたないと決断してきた。考えが変わって、子どもをもってから、彼に、君は自ら望んで生まれてきたわけではないから、君はおれを殺していいと言ってきた。

なぜ人を殺してはいけないかと、まっすぐに子どもが言ってきたら、私はどう答えるか。

自分で決断する他ない。私は、自分を殺しに来るものがいたら（自分の子ども

が私を殺しに来る以外は）逃げる。彼を殺そうとはしない。そのために自分が殺されるとしたら、自分の問題の解き方としては、成功と思う。

もし、誰かが他の誰かを殺そうとしたら、私がその殺人者をさまたげるのに有利な場所にいるならば、殺人者の意図をさまたげるだろうし、そのために彼を殺すことになっても悔いはない。

しかし、根本的に、なぜ人を殺してはいけないか。

それは、自分で考えてえらぶ他ない。君が人を殺したいと思ったら、殺したあとどうなるかと考えてみて、それが自分に不利な結果をもたらすとして、それを受けいれる覚悟はできているか、と反論しよう。覚悟ができているならば、なるべく、そういう君とはつきあわない。他の人にも、君を警戒するようにすすめるつもりだ。

自殺したいと相談に来る人についても、私は自殺するのがいいとも、悪いとも言えない。なぜ自殺したいかをゆっくりときくことにする。それでも、自殺したいなら、あとで考えを変えるかもしれないから、すこしのばしてみたらと言う。

それは、親問題をのこしたままの子問題へのすりかえである。

殺人はいけないか。自殺はいけないか。この問題について、科学による答はない。

――鶴見俊輔『教育再定義への試み』岩波書店

高橋　では、感想をどうぞ。マヤちゃん。

マヤ　「私は中年まで」というところから最後までの意味がよくわからなかったです。

高橋　そうですね。ここには説明がありませんからね。最初のところはどうですか？

マヤ　なんとなくわかりました。

高橋　鶴見さんも、ぼくの大切な先生です。鶴見さんは哲学者で、プラグマティズムという考え方を紹介しています。今日は詳しく説明しませんが、実は、ここ「きの校」も、その教育原理はプラグマティズムの代表的な哲学者、ジョン・デューイという人の教育論にとても近いのです。だから鶴見さんは、きみたちにとって、まあ、曾《ひい》祖父《じい》さんみたいな人だと思ってください。では、質問です。きみの子どもが「お母さん、自殺してもいいか」と訊いてきたら、どう答えますか？　即答してください。

子ども1　答えられません。

高橋　っていうの？　お母さんとして？

子ども1　私はしてほしくないっていう……命が大事だとか……。

高橋　もう命はいらないよ。なんでいらないのに大事にしないといけないのといわれたら？

子ども1　黙ってしまうかも。

高橋　うーん、困りましたね。はい、では、あなたは？　お母さん、ぼく自殺したいんだけど、自殺していいかな。なんて答える？

子ども2　なんで死にたいんですか？

高橋　いいたくないです。

子ども2　じゃあ、ダメです。

高橋　それでは説得できそうにないですね。じゃあ、あなた、答えてもらえますか。お母さん、ぼく、死にたいんだけど、自殺していいかなあ？

子ども3　えーっ？　……。

高橋　難しいよね。ふつう、絶句しちゃうよねえ（笑）。じゃあ、ヒサシくん（堀比佐志校長）のところに行こうかな。お父さん、ぼく、自殺したいんですけど。

ヒサシ　お父さんが悲しいから嫌だよ。お父さんのために死なないで。

高橋　ごめん。お父さんの気持ちもわかるけど、どうしても、自殺したいんだ。
ヒサシ　ほんとうに死にたいのなら……仕方ないのかな……。あれ……。

正解が見つからない問いに、どう答えるか

高橋　うーん、これじゃあ、じゃあ死ぬね、ってなっちゃうよね。ほんとにいじわるな質問です。ごめんね、ヒサシくん、この質問に答えるのは難しいよね。ぼくはこの部分を読んで、ほんとうにびっくりして、鶴見さんに、ぜひぼくの先生になってくださいとお願いしたんです。もちろん、本の中だけど。

その理由はなんだと思いますか。これは、とても答えるのが難しい質問です。いえ、あなたたちもそう思いますよね。ぼくもそう思いました。でも、鶴見さんは難しいとは思っていないんです。だから、即答しています。では、どうして、ぼくたちは、こういう質問を難しいと思うんでしょうか。

それは、「正解」がどこにあるのか、ぼくたちはみんな知らないからです。という

か、こういった、「正解」がどこにあるのかわからない、もしかしたらないかもしれない問題はたくさんあります。なんのために生きているの、と訊かれたら、すぐには答えられませんね。どこにあるのかわからない、もしかしたらないかもしれない「正解」を探そうと思っても、見つかるわけがありません。だから、答えられないんです。もう一つ、付け加えると、ぼくたちはずっと、学校で「正解」を教えられる教育を受けてきました。だから、何か質問されると、心の中で、「どこかに正解があるかもしれない」と思ってしまう。だから、余計、時間がかかるんですね。では、鶴見さんは、どう考えたんでしょうか。

鶴見さんは、「私ならこうする」といったのです。「女を強姦したくなったら、その前に首をくって死んだらいい」。それは、鶴見さんが自分自身に向かっていった回答だったんです。鶴見さんの回答には特徴があります。それは、重要な、難しい問題なのに、即答していることです。重要で、答えるのに困難な問題ほどじっくり考える、それが常識ですね。でも鶴見さんは重要な問題ほど即答しています。なぜ即答できるのか。それは、鶴見さんがいつも、「私ならこうする」という考え方を選んできたからです。

少し、鶴見さんという人の経歴をお話しします。鶴見さんは日本の有名な大臣だった人をお父さんに持ち、名門のお家《うち》の坊ちゃんだった人です。でも、グレて中学校を中退します。あまりにグレてしまったので、第二次大戦前にアメリカに追いやられてしまう（笑）。アメリカに行っても英語ができない。英語学校に入れられてつらい日々を過ごし、風邪にかかって1週間ほど寝込んで40度の熱が出たりするんですが、その後、学校にいったらすっかり英語がわかるようになっていて、それどころか、日本語が口から出なくなってしまったほどだったそうです。実はとても頭がよかったんですね。結局、彼は、日本では中学も卒業していないのに、アメリカ最高の大学であるハーバードに入学します。そして、不幸にも戦争が始まった後、ハーバード大にいた日本人は彼だけだったそうです。

敵国民として卒業証書をもらえないまま留置場に入れられたり、戦争捕虜として収容所に送られたりしたけど、大学は成績が優秀だったので特別に認められて卒業し、その後、鶴見さんは日本に戻ります。戻ってからは徴兵されて海軍の通信兵になり、アメリカ軍の無線を傍受して翻訳したりしていました。そして、鶴見さんは、「自分は気が弱いから、戦地で殺せと言われたら人を殺すだろう、強姦しろと言われたら、その通りしてしまうだろう」と考えました。だから、その時が来たら、そうする前に自殺するために、青酸カリを持ち歩いていたそうです。

「自分の経験」からスタートする

高橋　今の文章を、もう一度読んでみましょう。ここで、鶴見さんがいっているのは、「お父さんならこうするよ。あとは自分で考えなさい」ということだと思います。そこには、鶴見さんが信奉していたプラグマティズムという思想の精髄があります。もし、時間があったら、いつかこの思想について書かれた本を読んでみてください。少しだけ、簡単に説明すると、プラグマティズムは、この世界に「絶対に正しい真理」なんてものはない、という考え方です。「正解はない」といってもいいかもしれません。たとえば、あなたたちも聞いたことがあると思いますが、「私たちの神だけが絶対に正しく、ほかの神を信じる者たちは異端者だから殺してもいい」という宗教原理主義、これがプラグマティズムの反対側にある考え方だといったら、わかりやすいでしょう。

けれど、「正解」がないからといって、何をしてもいい、どう考えてもいい、というわけではありません。どこかに、仮の基準が必要です。そうでなければ、考えるよりどころがなくなってしまうでしょう。そこで、彼らが考えたのは、「自分」、あるいは、「自分の経験」でした。これは「ある」ということが疑い得ないものです。もちろん、「自分」が「正しい」わけでも、「自分の経験」がいちばん大切なもの、といっているわけでもありません。どんなことも、そこからスタートして、考えてゆくしかない、と彼らは考えたのでした。仮に「自分」が知識もなく、経験も乏しいとしたら、その知識がないこと、経験が乏しいことこそ、出発点にするべきなのです。そこから、いろんなことを学びたいという切実な気持ちも生まれてくるのですから。

さて、鶴見さんの「答え」に戻ってみましょう。さっきもいったように、ぼくたちは、つい、どこかにある「正解」を探そうとして、なんとなく「遠く」を見てしまいますよね。「人は自殺してはいけない。では、その根拠はどこにあるんだろう。どんなモラルなら、それはダメといえるんだろう。神さまの命令だから？　人間の根源的なモラルだから？　家族や知り合いが悲しむから？　人は自分自身を傷つける権利なんかないから？　誰かの本に的確な答えが書いてないだろうか？」とか。

でも、鶴見さんは、そう考えません。向かうのは自分自身と自分の経験のほかにないのです。鶴見さんは自分の内側をのぞいて「自分にとっての答え」を取り出しました。そして、それを、彼の子どもに贈ったのです。それは、父としてできる最大のプレゼントだったと思います。それを受け取った子どもが、それをどんなふうに処理し、どう考えるのか、そこからは子どもの責任ということになりますね。鶴見さんは、一方的な問いを、逆に、子どもにとって考えなければならない問いにして、返したのです。「父さんはこう考えているよ。それに対して、きみも人間として、考えてみなければならないね。それがどんな粗末な答えであっても、きみ自身が作る答えでなければ意味がないんだよ」って。

そして、この、鶴見さんと彼の子どもの応答を読んでいるぼくたち読者には、何かの答えを出すには、日々、自分自身に誠実に向かい合い、考えるということをしつづけるしかないんだ、というメッセージが伝わってくるように思います。ぼくが、この鶴見さんのことばの意味が、前に読んだときよりはっきりわかったのは、自分が子どもをきちんと育てるようになってからでした。この文章という「教室」に入るたびに、鶴見さんは違ったことをいっているような気になったのです。そして、何より、ここでの鶴見さんと子どもの関係は、「先生」と「生徒」の、「大人」と「子ども」の関係そのものだと思います。

『ナルニア国』の中の先生も鶴見さんも、ふたりとも「答え」を出していませんね。自分はこういうふうにする、いや、こう考える。あとは自分で考えて、って。これが「先生」の役割なんだとぼくは思います。そんな考え方をする、今のぼくを作ってくれたのも、そんな「先生」たちのおかげです。

あなたたちもあなたたちのやり方で、素晴らしい「先生」を見つけてほしいと思います。「先生」はどこにいるかわかりません。ですから、見つけるためには、いつも、世界で起こるできごとをしっかりと見つめて、耳を澄まして、考えていなければなりませんね。いつも、です。

職業ギャンブラー・森巣博さんの教育

高橋　最後に、もうひとりだけ、「先生」を簡単に紹介して、今日の授業は終わりにしたいと思います。次の「先生」は森巣博《もりすひろし》さんという人です。年齢はぼくより三つくらい上だと思います。職業がギャンブラー（笑）。趣味がギャンブルという人はたくさんいると思いますが、職業がギャンブラーという人はさすがにほとんどいないと思います。森巣さんは、主にオーストラリアのカジノ、森巣さんによると、ほんとうは「カシノ」といわなければならないそうですが、とにかくそのカジノで生計を立てているそうです。それから、もう一つの仕事が作家なんですね。ところで、森巣さんの職業はギャンブラーですが、彼の妻はテッサ・モーリス゠スズキという、世界的にたいへん有名な歴史学者です。めちゃめちゃな組み合わせですね（笑）。

結婚して、子どもができたとき、森巣さんは妻に、「きみは、今キャリアの途中で大事な時期だから、子育てはぼくが担当する」といって、「職業ギャンブラー」から「職業主夫」になりました。森巣さんが育てた息子は、一時はパーソナリティ障害といわれたほど、学校や社会になじめない子どもでしたが、実は、英語圏20数ヵ国が行う数学と科学の試験で3年続けて1位を取っちゃうような天才だったんですね。では、森巣さんはどんなやり方で教育したんでしょうか。

その息子が小学生のころ、なかなか学校のやり方になじめないのを見ると、「別に無理して行くことはないだろう」と考えて、そのころ出始めだったパソコンを買い、「世界の秘密は全部ここにあるよ。自分で探しなさい」といって、息子にあげました。それからずっと、その息子はパソコンで勉強していたんです。そのパーソナリティ障害があるといわれた息子は、天才であることがわかって、もうふつうの学校に通う必要がなかった。そのため、オーストラリアでは、森巣さんの息子、要するにたったひとりの日系「移民」の息子のために、わざわざ法律を変えて、大学入学を認めてくれたそうです。その国の寛大さに森巣さんは本の中で感謝しています。すごいですね。

そして、息子はアメリカを代表する大学、カリフォルニア大学バークレー校に入り、そのまま20歳で大学教員になりました（笑）。バークレー校の純粋数学科は有名で、フィールズ賞という数学のノーベル賞の受賞者がうじゃうじゃいる。その息子が研究していた数学の分野は世界で3人しか研究者がいない難しい分野でした。そのうちの2人がバークレー校に在籍していて、息子を誘ったそうです。何もかも想像できない話ばかりですけど（笑）。でも、18ヵ月大学で教えた後、金融会社にヘッドハンティングされ、東海岸で巨額のお金を動かすディーラーになったんだそうです。いま金融取引には、複雑な数学理論が必要とされているので、そういう仕事を選んだんですね。もちろん、その息子の能力もあったんでしょうが、ぼくは、森巣さんが、いつも最大限、妻や子どもたちの「自由」を尊重してきたことに感動します。

では、ぼくが選んだところを読んでもらいましょう。

わたしの住むオーストラリアでは、

——西暦二〇〇一年を目指し、国旗を変えよう、

という愉快な運動が高まりをみせている。(中略)

さて、国旗を変えるためには、どうしたらよろしいのか?

まず『国旗改革委員会』が設置され、そこが代替国旗のデザイン公募をおこなった。

その応募作品群は、涙が流れるほど傑作なのである。第一次予選を通過したもののなかから、わたしが気に入ったいくつかを取り上げてみる。

(一)白旗。理由・戦争時に便利である。また各人が好きなデザインを描き込んで、個の国旗とすれば良い。

(二)現行国旗のユニオンジャックの部分にゴムゾウリ、星の部分にビール瓶の

王冠を五つ置く。理由・オーストラリアの海岸部では、誰もがゴムゾウリにビール瓶片手で砂浜を歩いている。オーストラリアを最も直截《ちょくせつ》簡明に象徴するものではなかろうか。

(三)デザインは現行のまま。ただし、英国旗を日の丸と入れ換える。理由・我が国の最大の貿易相手国は日本である。英国なんて、クソクラエ。円さま、日の丸さま、公害企業さま(註・鉄鉱石と石炭・コークスが、オーストラリアからの最大輸出品目)。このデザインの長所は、貿易相手国が変化するたびに、オーストラリア国旗も変えられる点である。

(四)なし。理由・べつになし。しかし銀メダル銅メダルのフラッグポールにそれぞれの国旗が掲げられ、メインポールが空白というのは、きわめて印象的であろう。

残念ながら報告しなければならないのだが、わたしの好きな右の四案は、人気投票による第二次予選通過まですべて生き残れなかった。

――森巣博『無境界家族《ファミリー》』集英社

高橋　それから、もう一ヵ所。こんな部分も。

オーストラリアの前首相は、ポール・キーティングという人だ。この人は在任中オーストラリア国歌を歌わなかった。公式行事などで国歌が斉唱される際、他の人たちは皆歌っているのに、首相だけが歌わない。口を開いて歌ったふりすらしなかった。

首相がなぜ国歌を歌わないのか、思想・信条に反する箇所でもあるのか、とある新聞記者はキーティングに問いただした。その時の彼の答えが、素晴らしかった。わたしがオーストラリアに定住しようと考えたひとつの理由でもある。

「歌詞を知らないんだ」

——前掲書

高橋　じゃあ、マヤちゃん。感想は？
マヤ　えっ。よくわからなかった。
高橋　そう。でも、意味はわかるよね？
マヤ　意味はわかるけど……。
高橋　感想ある人？　はい、男子。

子ども1　日の丸が1次予選を通過したのに驚きを覚えました！
高橋　驚くよねえ、オーストラリアの国旗なのに。あなたは？
子ども2　なんか国旗の案がどれもユニークだと思いました。日本だったらそうはいかないんじゃないかと思いました。それと、楽しそうだとも思いました。
子ども3　最後の、歌詞を知らないというのがおもしろいと思いました。
高橋　それって、どういう意味だと思いますか？　この首相、ほんとうは歌詞を知ってたと思う？
子ども3　……。
子ども4　ほんとは知っていたと思います。
高橋　実はこの後、森巣さんはカジノで、この首相に会うんです。記事に歌詞を知らないとありましたけど、今はどうなんですかと訊いたら、「現在、奮闘中」と答えたんだそうです。どう思いますか？
子ども5　何か意味があるんだろうけど、理解できない。
子ども6　国旗の案がユニークだと思いました。歌詞を知らないというのは、歌詞は知っているけれど意味がわからない、ということなのかと思いました。

高橋　それ、歌詞を知らないより、もっとひどいな（笑）。ほかに、感想どうぞ。
子ども7　森巣さんという人の生き方に興味を持ちました。
子ども8　歌詞を知らないという理由はわからないけど、好きだなーと思いました。
高橋　好きだなーって、なんで好きなのかな。
子ども8　おもしろいっていうか。
高橋　おもしろいよね。日本の首相が歌詞を知らないと発言したら大変だよねえ。というか、首相になれないよね（笑）。とにかくこのエピソードはおもしろいですね。だから、ぼくも好きなんです。
　ぼくは、先生の役割って、一つの狭い常識のなかで生きている人に、そうじゃないよと教えてくれて、でも、その答えは自分で見つけなさいよ、といってくれることだと思います。だから、先生を見て、「ぼくって、わたしって、ちっちゃいなあ」と思えるような人じゃないとダメなんじゃないかなって思います。『ナルニア国』の先生も、鶴見さんもそうでしたね。森巣さんは、前のふたりとちょっと違って、国旗とか国歌とか、社会的に大きな論争の的になっているようなことについて、指摘していま す。ぼくがいいな、って思うのは、ものすごく生真面目で堅い話題なのに、ふざけている（笑）、いや、とてもユーモラスなやり方で対していることです。

「外側」から考える

高橋　森巣さんは、こうやってさらっと書いてるけど、日本の国旗について、あるいは国歌の「君が代」について、様々な意見があり、たくさんの論争があったことは、あなたたちも知っているかもしれませんね。そして、こういう、「大きな」、「真剣な」問題に関しては、みんな、「マジメに」答えるのが当たり前だと思われています。その意見に賛成する側も、反対する側も。たとえば、「日の丸という国旗には過去の戦争の記憶がつきまとうから好きになれません」とか、「君が代は天皇家の不滅を歌っているから国歌としてはどうかと思います」とか、「いや、日本人だから、そもそも国旗や国歌を大切にするのは当たり前だ」とか、「学校のような公の場所では、節目の儀式に国旗を掲揚し国歌を歌うべきだ」とか。そういえば、この学校では国旗も見当たらないし、誰も国歌を歌ったことがないから、何が「当たり前」なのかわからないか（笑）。

さっきのように、大きな問題に関しては、いくつかの意見があって、その中のどれかを選ぶことになっています。でも、森巣さんは違います。そういった、議論の「外側」にいるのです。森巣さんの本のタイトルは『無境界家族《ファミリー》』ですよね。たとえば、家族がみんなバラバラの国籍を持っていて、みんな違ったことばを話せて、世界中の違う場所で暮らしている。そして、時々、集まってみんなで話をする。森巣さんの「無境界家族」ということばの意味は、そんなことだと思います。家族のひとりひとりが、完全に自立していて、自由に世界の境界を超えて生きる。そんな自立した人間がたまたま集まって、期間限定で生きるのが「家族」だ、というのが森巣さんの考え方でしょう。そして、時が来れば、「家族」という単位は解散して、それぞれがまた別の「家族」というユニットを作る。世界中のどこかで、ね。

そういう森巣さんの目から見ると、国旗や国歌について、お互いに罵り合うような議論は、滑稽に見えるのではないでしょうか。「内側」の人たちにとって真剣な問題でも、「外側」の人たちにとっては、バカバカしく見える。そういうことって、たくさんあると思います。さっきのオーストラリアの首相の「（国歌だけど）歌詞を知らないんだ」という発言も、自分の国の問題なのに、あえて「外」から見ようとして出てきた発言なのかもしれません。どうしてもっと寛大で優しく楽しく、ものごとを考えられないんだって。そういう首相がいる国は、なんだか羨ましいですね。

それにしても、新しい国旗のアイデアを公募するって発想は、日本にはありませんよね。しかも、ユニオンジャックの代わりに日本の国旗を入れようとかアメリカの国旗を入れようとか、むちゃくちゃなアイデアを送ってくる（笑）。でも、国なんて、そういう程度のものだって考えてみたらどうでしょう。いや、そういうものだという考えを、どこかに持っている方が健全だってことじゃないでしょうか。

国歌の話もそうですね。今、「君が代」を歌わないと先生が処罰される学校があるそうです。でも、そういうのって、どうなんでしょうか。そういう情景を子どもたちが見たら、どう思うでしょうか。国というものは、怖くて、押さえつけてくるものだって思うようになるんじゃないでしょうか。そうではない世界もあります。現実にも、考えや、想像の中にも。そういう世界を見せてくれる、それまでと違ったふうに考えることができるようにと、背中を押してくれるのがいい先生だと、ぼくは思います。

常識ってなんですか？

子ども　あの、質問があります。常識ってなんですか？

高橋　いい質問だなあ。社会の多数派の人たちが「正しい」と考えていることですね。でも、それがほんとうに「正しい」のかどうかはわからないけれどね。

子ども　……。

高橋　「それは常識だよ」といってわかるのは、そういう発言をする人は、その人が多数派である世界に住んでいる、ということですね。でも、その当人には、そんな自覚がないかもしれませんが。

子ども　思っているだけで……。私は常識はあると思うけど、正しくはないかもしれません。正しくはないけれど、常識はあると思っていることもあるかも……。

高橋　何かが「正しい」、あるいは「常識」だと考えているといっても、なぜ、それが「正しい」のか、とか、なぜ、それが「常識」なのか、とまでは考えないですね。というか、考えないから「常識」ということばになっちゃう。気をつけなきゃいけないですね、「常識」ということばが出てきたら。

ああ、もうすっかり、時間が過ぎちゃったね。ごめんなさい。あなたたちとお話しするのが楽しすぎて、すっかり長くなってしまいました。今日、ぼくのしゃべったことが、それから、ぼくの大好きな先生たちがしゃべったことが、あなたたちの心のどこかに残ったらうれしいです。ぼくのことより、ぼくの大好きな先生のことを知ってもらえたらうれしいです。

さて、今日はここまで。明日はパート2です。明日の授業のタイトルは「なんとなく、書いちゃいなよ！」です。

明日に備えて、「宿題」を出します。ぼくが大学で講義をしている「言語表現法」の授業は、ぼくの出したテーマで文章を書いてもらうという授業です。この授業を受けた学生は、全員文章が飛躍的にうまくなるといわれています（笑）。その授業を、ここで再現したいと思います。

ふだんはこんなに詳しく説明しないのですが、時間が少ししかないので、「言語表現法」で実際に、学生たちが書いたものをいくつか、みなさんに配っておきます。読むとわかると思いますが、添削もしていないし、誤字・脱字も、文法的な間違いも一切直していません。それには理由がありますが、それは明日説明しようと思っています。「言語表現法」では、1年間で10程度、テーマを出すのですが、その中から、今回は「私」について、あなたたちに書いてきてもらおうと思っています。ふつうに「私」だと、逆に書くのが難しいので、あえて「自分以外の誰かになって『私』のことを書く」、でいきましょう。わかりますね？　誰かになってみるということです。

子ども1　見せると思って書いた方がいいですか？

高橋　見せると思って書いてください。というか、この場で読んでもらいます。

子ども2　誰かということは、そこにいる誰かを作ればいいのでしょうか。

高橋　自分以外の誰かなら誰でもいいですよ。実際にいる人でもいいし、存在しない人でもいいです。いや、人間でなくたってかまいません。あなたたちに任せます。自分以外なら誰でも、そもそも「誰か」じゃなくてもなんでもいい、ということです。明日の授業は9時からです。ぼくは8時に来るので、そのときまでに世話係に提出してください。なにより、楽しんで書いてください。では、明日、また。

2日目

なんとなく、書いちゃいなよ!

論理の力で考えてみよう

高橋　おはようございます。よく眠れましたか？　ぼくはあまり眠れませんでした（笑）。昨日の授業の興奮がなかなかさめなかったからですね。えっと、コウキくんは、どうだった？

コウキ　特別、疲れてはなかったです。ちょっと放課後が削られたのが辛かったです。

高橋　ごめん！　今日は大丈夫です。終わりの時間が決まってるからね。はい、では始めましょう。

2日目の授業を始める前に、まず昨日の反省をさせてください。昨日は「たぶん、読んじゃいなよ！」という名前の授業をしました。ぼくの授業は、だいたいの形は決めているけど、みなさんの顔を見たり話をしたりして変えていきます。どうしてかっていうと、ぼくは、授業は生きているものだと思っているからです。でも、昨日は、あんまり楽しくて、しゃべりすぎてしまいました。先生がしゃべりすぎるのはよくないですね。いちばんの理想は、ぼくが何もいわない授業だけれど、それだと、本はできないですからね（笑）。

さて、昨日は３人の先生を紹介しました。先生は、いくらでもいます。何百人も、何千人も。たくさん。あなたたちは、たくさん出会うその先生たちの中から、あなたにとっていちばんふさわしい先生を見つけてください。そうやって見つけた先生は、それから、何度でも、あなたたちが会いに行くたびに、新しい何かを教えてくれるでしょう。

昨日の復習をします。

まず『ナルニア国ものがたり』に出てきた先生が大事にしているのは、論理の力です。なんでも、筋道をたてて考えてみようということでした。論理的というと、まあ間違ってはいないよねと簡単に考えてしまいがちです。でも、この先生がいっているのは、とても恐ろしいことなのかもしれません。

みなさん、明治の歴史について知ってますか？　日本に今の教育制度ができたのは明治の初めです。明治６年に「学制」が施行され、全国に学校を作ることになりました。すぐに小学校が作られ、最初の大学、東京大学ができたのは明治10年です。小学校と大学はほぼ同じころにできたけれど、その間にあるはずの中学校がきちんと作られたのはだいぶ後のことになります。でも、封建制が終わって近代国家になったところは、だいたい、こんなふうに小学校と大学を最初に作るようです。ところで、どうしてなんでしょう。なんでだかわかる？　コウキくん。

コウキ　実際に必要なのかなあ、と思います。

高橋　なぜでしょうか？　マヤちゃん。近代国家はなぜ小学校と大学をセットにして作るのでしょう。

マヤ　えっと……小学校で基本的なことを学んで、それを学んでから大学で専門的なことをやるとか。

高橋　小学校の勉強だけで大丈夫なのかな？

マヤ　わからないです。

小学校と工場の共通点は？

高橋　あらゆる問題がそうであるように、この問題にも絶対の正解はありません。そこで、岸田秀《きしだしゅう》という、とても優れた心理学者は、この問題について、あらゆる角度から「論理的」に考えてみました。そして、こんなふうに結論づけたのです。まず、大学の役割はエリートを作ることでした。まったく新しい近代国家を作るためには、なにより、国をひっぱってゆく役人や学者や政治家や実業家が必要になります。生まれたばかりの近代国家日本は急いで新しい国家のための人材を作る必要があったんですね。そのために、まず大学を作って彼らを、日本がモデルにしたいと思っていた欧米の先進国に留学させたのです。それはまあ、当たり前のことですよね。では、小学校はなぜ必要だったんでしょうか。

明治の前、江戸時代には、寺子屋がありました。そこに子どもたちは通って、文字や文章を習いました。でも、行けるのは、豊かな町民の子どもだけですね。国民の大半である農民には、それは無縁の存在だったのです。さて、近代国家を作った人たち、新しくこの国を統治するようになった人たちにとって、どうしてもやらなければならなかったのは、農業国だった日本を工業国にしてゆくことでした。産業を作らなければ、欧米の先進国にやられてしまう。どの国も、農業中心の時代を経て、工業中心になって、初めて近代国家といえるのです。さあ、どうしたらいいんでしょう。国民の大半を占める農民に工場で働いてもらうには。岸田さんは、農民は、そのままでは工員になれないんじゃないかと考えました。なぜでしょう。

コウキ　技術者や職人になるからとか。

高橋　それもいいねえー、コウキくん。でも、岸田さんは、「論理的」に考えた結果、こういう結論に達します。

農民は自然の時間で生きています。農業というものが、自然を相手にしているからです。太陽がのぼったら起きて働き、陽《ひ》が沈んだら家に帰って休む。だから、夏は5時に仕事を始めても、冬は9時からじゃなきゃ仕事は始められない。でも、そんな時間感覚では、工場労働者にはなれません。一年中、同じ時間に起きて、同じ時間に仕事を始めてもらわないといけないのです。

そして、もう一つ、工場労働では「型にはまる」ことが大切です。たとえば、小学校では、授業を50分やって、10分の休み。その繰り返しです。そうです、工場も同じですね。50分やって10分の休み、ときには、2時間仕事をして30分の休み。その繰り返しが、工場労働の特徴です。そして、働いている間は、絶対に自分の持ち場から離れてはいけない。岸田さんは、「論理的」に考えた結果、小学校と工場が同じ本質を持っていることに気づいたのです。

コウキ　時間の問題ってことですか。

高橋　そうです。50分間椅子に座っていられること。小学校でいちばん大事なのは、これだった。答えを間違えても怒られないけれど、フラフラ教室を出ていくと怒られる。工場では、そこでおこなわれている労働がどんなに不条理で辛くても、黙っておとなしく、ずっとその時間、そこにいなきゃならない。それが工員に求められる精神なんですね。

考えれば考えるほど、工場と小学校は似ている。もしかしたら意味がないことかもしれないのに、丸暗記しなきゃならない。先生が黒板に書いた正しい答えを覚えないと、「出来が悪い」といって叱られる。先生のいっていることに何か疑問を感じて、間違ってるかも、と思っても、そんなことはいえない。ひとりだけ違った製品を作ろうとした、そんな工員も怒られるでしょう。ということは、小学校は、「はい」といって、なんでもいうことを聞く子どもを生産する工場なのかもしれない。こんなことを考えていると、怖くなっちゃいますよね。

自由な論理は「危険」かもしれない

高橋　はい、なんですか？　コウキくんどうぞ。

コウキ　えっと、前にイスラエルの人に聞いたことがあるんですが、政府が戦争をしたいと思ったら小学校の教育を変えるのだそうです。

高橋　そうそう！　そういうことですね。さて、みなさん。ぼくは、今、岸田秀さんが「論理的」に考えてみた、小学校の謎について話しました。だからといって、この意見を「正しい」と思ってすぐに受けいれる必要はありません。だいたい、その文章はずいぶん昔に読んだので、ぼくもはっきり覚えていないからです。もしかしたら、岸田さんの意見に加えて、ぼくの意見や考えも紛れ込んでいるかもしれません。それに、ここでいわれているのは、誰かが、「奴隷」を作ろうと考えて、小学校を作ったということではありません。何かあるものをじっと見て、それから、いろいろなことを考えてゆくと、世間でいわれていることや常識とは似ても似つかない結論が出たりするということです。そして、ぼくたちは、みんな、ものごとを自由に考えてもいいのです。誠実に、真剣に、あらゆる可能性を考えにいれながらならね。でも、岸田さんの、こんな考えは、学校というような場所では、おそらく絶対にいわれない種類のことだと思います（笑）。だって、学校ほど、世間の常識に基づいて作られているものはないんですから。

しかし、中には、そう考えない人が時々出てきます。昨日、あなたたちが読んだ『ナルニア国』の先生もそうでした。「このごろの学校では、論理を教えないのかな。」といっているでしょ？　ほんとうに論理的だったり、筋道だったりする考えの中には、正しいかもしれないけれど、世間や社会や学校で嫌がられるものだってあるのです。ほんとうのことをいうと、みんなに嫌われるかもしれない。でも、ときには、いわなきゃならないことだってあるかもしれません。

あの、『ナルニア国』の先生は、論理には２種類あるということを教えてくれているような気がします。入試の答えを導くような論理は誰も傷つけません。でも、この先生がいうような論理、たとえば、クローゼットのなかに幻の国、ナルニア国があ る、っていうような自由な論理は、危険だと思われたりするのです。でも、そういう「危険」かもしれない論理を教えてくれるのも、先生の大事な役割だ、とぼくは思っています。

考えるときの基準は自分しかない

高橋　それから、昨日は、鶴見俊輔さんの話もしました。鶴見さんは、「自殺してもいいのか？」と訊《たず》ねる子どもに、こういうときには自殺してもいい、と答えました。これもふつうの論理からは出てこない答えでしたね。それは、「自分はこうする、でも君がどうするかは、私にはわからない。そういうものは、みんな自分で決めるしかないんだ」という論理でした。

昨日もいったと思いますが、ぼくが鶴見さんをすてきだなって思うのは、鶴見さんは、何かを決めるときの基準、考えるときの基準は自分しかない、ということを教えてくれるからです。何度もいってきたことですが、何かを正しいというのはとても難しいです。だいたい、あなたは正しい存在ですかと訊かれても、答えようがありません。でも何かを決めるとき、考えるとき、ぼくはこうします、ぼくにはこうとしか思えないとはいえるのです。基準は自分にしかない。こういうと、そんなの、いい加減だな、と思う人もいるかもしれません。なんでも自分が基準なら、自分の好きなように考えて、好きなことだけやっていればいいんだって。いえ、まるで違うのです。

鶴見さんは、別の本の中で、「教育とはそもそも自己教育なのだ」と書いています。どんなに優れた先生についても、結局、先生ができるのはアドバイスだけです。逆にいうなら、どんなに素晴らしい先生についても、どんなに素晴らしい知識やアドバイスをもらっても、それを使いこなさなければ何にもなりません。自分に教えてくれる最後の責任者、最後の先生は、自分自身です。

いつも、自分の中には、もうひとりの自分がいるような気がします。その、もうひとりの自分は、怠けそうな、世間や社会の常識に流されそうな自分に向かって「そうじゃないよ」「ちゃんと考えなよ」「ほら、この先生のいうことに耳をかたむけて」、そんなふうに、いつも励ましている。そんな、自分の中にいるもうひとりの自分がダメになったら、わたしたちは何もできない。一歩も成長できないでしょう。

自分が基準である、ということは、実は、とてもとても厳しいことなのです。絶えず、自分を見つめ、少しでも前へ進もうとする。そうでなければ、とても、自分は基準になんかなりません。それぐらいなら、社会や世間の常識を基準にする方がまだマシです。少なくとも、たくさんの人たちが関わってできたものであることは間違いないのですから。

「浮かない感じ」——吉本隆明さんの戦争体験

高橋　昨日に続いて、もうひとりだけ、ぼくが大切にしている「先生」をあなたたちに紹介してから、「書いちゃいなよ！」の時間にしましょう。その「先生」の名前は、吉本隆明《よしもとたかあき》といいます。吉本さんが書いた、こんな文章を読んでみてください。

ぼくはそういうことで、ものすごく後悔したことがあります。それは戦争中のことなのですが、ぼくはその頃10代の終わりから20代のはじめ頃でした。やっぱり戦争ですから、戦争に勝つにはどうしなきゃいけないとか、兵隊にいって善いことをしなくちゃいけないとか、善いことをするべきことがたくさん目の前にあるという状態だったわけです。学生の時で、ぼくは米沢市《よねざわし》にいたのですが、学校のリーダーが、1時間の昼休みに、お弁当を食べたあとにどうせ時間があまるんだから、あまった時間は近所にある上杉神社に戦勝祈願にいこうじゃないかと提案したのです。お昼休みの空いた時間を利用して戦勝祈願にいくのは、そりゃあ悪いことじゃないのです。反対するいわれはないわけです。もちろん戦争に反対だという確固たる理念がある人は、反対したでしょうが、そういう理念なんか全然なくて、戦争に勝たなくちゃいけないと思っていて一生懸命になっている状態です。

それが戦勝祈願にいこうじゃないかと提案されると、「悪いことじゃないよなあ」と思うんだけど、なんとなく浮かない感じなんです。その浮かない感じをどうやって解消すればいいのでしょうか。ぼくなんかがそれを解消したのは、どんな言い方かといいますと、「それは確かに善いことだから賛成なんだけど、もっとやるべき大切なことがあるんじゃないか」、という言い方で異議をとなえたのです。でもそんな異議はもちろんかき消されてしまいます。「何を言ってるんだ、文句を言わずに戦勝祈願にいけばいいじゃないか、悪いことじゃないんだから」ということで、自分の声はかき消されてしまいました。そうすると、自分の心のなかではどうも面白くないわけです。だけど、確かに悪いことではないよなということで、嫌々ながらみんなのあとにくっついて、戦勝祈願にいったわけです。ぼくは戦中派というやつだから、そういうふうにして戦争を肯定し、戦争に協力して、戦争に勝たなきゃいけないと思ってきたんです。

戦争が終わってつくづく考えたわけです。ああいう時に心のなかで少しでも「嫌」というか、「悪いことじゃないんだけど、なにか浮かない感じだな」ということがあったら、浮かない感じがするということを必ず言うべきであった。それが戦争が終わった時に反省した、いちばんのことなんです。

そういうことは戦後、自分の考え方をつくりあげていく時にいちばんひっかかってきて、それだけは譲らんよということで、守ろうと思ってきたことです。必ずしもできたとは言わないですけど、ぼくはできるだけその時々に起こってくる問題に対して、発言してきました。いまでも、たとえば緑を守るとか善いことばつかり言う奴《やつ》がいっぱいいるでしょう。それに対してやっぱり浮かない感じがする時には「浮かないよ、それは」と言うべきであると思います。ずっとそういうことをぼくは言ってきました。「ここが浮かないとこだよ」とぼくは言って、憎まれてきました。しかしそれは、ぼくの戦争の時の体験から来ているんです。親《しん》鸞《らん》という人がなぜ現代でも生きているかといえば、そういうことに対して実にきっぱりと言っているからです。

――吉本隆明『吉本隆明が語る親鸞』東京糸井重里事務所

高橋　みなさんの感想を訊くのは後にしましょう。ここにも、一言では説明できない何かがあります。その何かも、やはり、「論理」といっていいかもしれません。もしかしたら、「倫理」と呼んだ方が正確なのかもしれません。どちらにしても、とても複雑な何かがここには書かれているような気がしますね。でも、すぐに理解する必要はありません。ぼくは、あなたたちにこの文章を読んでもらい、そして、何かを感じてもらえば、それで十分なんです。

ぼくがおもしろいと思ったのは、これは戦争についての文章なのに、「戦争は間違っている」というような、誰でも「正しい」と思えるようなことを書いていないことです。吉本さんは、そもそも、戦争中は戦争に反対していませんでした。そのことを反省して書いているのか、と思うと、そういうわけではありません。戦争は正しいことだと思っていて、それなのに、同じように「正しい」と思う人たちの、ちょっとした「押しつけ」に我慢ならなくなった、と吉本さんは書いています。いや、ぼくには、そう書いてあるように思えます。でも、この文章で、吉本さんがいちばん書きたかったのは、そのことでもありませんね。いったい、吉本さんは、何を書きたかったのでしょうか。

説明できないモヤモヤを大事にする

高橋　ここで、ちょっと、ぼくの個人的な思い出について話してみます。2011年の3・11に、東北を地震と津波が襲いました。そして、ぼくが教えている大学からも、被災地に向かってたくさんの学生たちが、ボランティアに行ったのです。

そのときのことです。ぼくが教えている学生のひとりがこんな相談をしてきました。「先生、みんながボランティアに行って、わたしも行かなきゃと思うんだけれど、なんだかそんな気持ちにならないんです。わたしは、おかしいんでしょうか」って。ぼくが「なぜ、そう思うの？」と訊いたら、その学生は「それがよくわからないんです。みんなと一緒に行くのがイヤなのかもしれないし、ボランティアに行くぞーっていう雰囲気が嫌なのかもしれないし。自分にやれることがあるとしたら、ほかのことかなあと思うんです。でも、それが何かもわからないし……」って。その学生は、説明できないモヤモヤを抱えていたのでした。だから、ぼくは「やらなくていいよ」っていいました。そのモヤモヤを大事にしなきゃ、って思ったからです。

もう一つ、こんなこともありました。1年生として入学してきた女の子がいました。彼女は、ちょっと変わった子だったんです。簡単にいうと、とても保守的な、というか、右翼的な政治思想を持っている学生でした。憲法9条は空論だから改正した方がいい、自衛隊はきちんとした軍隊にしなければだめだ、第二次世界大戦で日本は負けたけれど、あの戦争にも義があった、というような意見を持っていたのでした。そして、何より、そんな意見を授業中でも発表していたのです。そしたら、先生から手厳しく批判されることが多かったそうです。ぼくの大学の先生には平和主義的な考えの人が多いんですね。

戦争や平和に関する授業で、彼女が自分の意見をいうと、何人かの先生に「きみは平和がわかっているのか」と、筋道だって批判されたりしたのです。そんなところで論争しても、なんでもよく勉強している先生たちにかなうわけがありません。それでも、懲りずに彼女は自分の主張を貫きました。そう、彼女は、ぼくの授業でも、自分の意見をはっきりといいました。残念だけれど、彼女の意見とぼくの意見は大きく違っていました。でも、ぼくは、彼女が話しているのを聞いて、思わず「いいねえ」といったのでした。いいなあ。みんなと違う意見をいおうと思うのは、とてもいいことです。すごくね。ぼくは、ふつう自分のゼミに学生を誘わないのですが、この学生には、ぼくのゼミで勉強しないかい、といって誘いました。

ぼくと彼女は考え方がまるで違います。でも、彼女はがんばって本を読んで、独自に、その考えにたどり着いたわけです。そのことは、ほんとうに尊重しなきゃなりません。ほかの先生たちは当然彼女より知識はあるわけですから、彼女の意見の論理的な欠陥を厳しくついて批判しました。彼女の話を聞いて、わかったことがあります。彼女は、批判されながら、確かに先生たちの批判は正しいのかもしれない、そして、自分の考えていることは間違っているのかもしれない。だって、先生たちは、自分よりなんでもよく知っているのだから。でもでも、なんだか、それじゃあ、納得できない。なんだか違うのです。彼女は大学をやめようと思っていたそうです。ぼくは、彼女に、そのままでいいよ、っていいました。何も変える必要はないって。そのとき、ぼくはこう思ったんです。教師は生徒を否定してはいけないと。絶対に。たとえ間違っていたとしても。先生たちがいっていることは「正しい」かもしれないけれど、ぼくは、彼女の「なんか違う」と思う気持ちを大事にしたかったのです。あなたたちにもあるでしょう？　お父さんやお母さんとケンカして、親がいっていることは正しいけれど、だから、なかなか反論できないんだけれど、それでもなんか違うって思えることが。なんだかモヤッとしたものが、心の奥底にあって、納得できないことが、です。

さっきの文章をもう一度、ゆっくり読んでみましょう。吉本さんは、たいへん有名な思想家でしたが、彼がいちばん大事にしたのが、誰にでもあるはずの、そんなモヤモヤした思いでした。そんな思いは、ぼくにも、もちろんあります。いくつになっても、このモヤッとしたものからは逃げられません。でも、どうして、人はモヤモヤした思いを持つんでしょう。なんとなく納得できないなあと思ってしまうんでしょうか。

それは、たぶん、ぼくも、あなたたちもみんな、世界でたったひとりの人間だからです。当たり前のようだけれど、「あなた」も「ぼく」も「わたし」もたったひとりしかいないのです。この宇宙にたったひとり。世界に70億、人間がいても、「あなた」や「わたし」はひとりです。もしかしたら、この世界の唯一の「例外」なのかもしれない。そして、ほんとうにわかることができるのも、自分だけ、「あなた」や「わたし」ひとりだけ。ほかの人たちのことは、外からいくら見ても、絶対にわからない。絶対に理解できないのかもしれないのですね。

そして、ぼくたちはみんな、そんな、ほかの人と違う自分とつきあっていかなきゃなりません。そして、ほかの人たちも、みんなかけがえのない「ただひとりのその人」だとすると、その人とつきあうのも大変ですよね。そう考えてみると、昨日、鶴見さんのところで話したプラグマティズムという考え方にもつながってくるような気がしますね。人を殺していいの？　人を殺してはいけないよね。誰がそう思うの？　自分ですよね。でもうまくことばにならない。うまく説明できない。なんとなくそう思えるだけ。だから、モヤモヤするでしょ？　でも、そんなモヤモヤする自分を基準として考えるしかないんです。

あなたたちの年のころには、何か本を読んで世界の秘密が解決するような気がしたこともあります。そして、何もかもがすっきりするんじゃないかって。でも、そうはなりませんでした。ぼくは今年67歳になりましたが、モヤモヤはそのままです。そして、それがいちばん大切なことだと思えるようになりました。そのモヤモヤは、ぼくたちの中にあって、ことばになりにくい何か、そして、いちばんぼくたちらしい何かなんだとぼくは思います。さあ、話はこれくらいにして、いよいよ、「書いちゃいなよ！」の授業に入りましょう。

子どもの作文①　「私の職業は、教師です」

高橋　昨日、あなたたちにテーマを出して、文章を書いてきてもらっています。そして、提出してもらった文章が、ぼくの手元にあります。えっと、これは藤岡《ふじおか》もえさんが書いたものですね。では、あなたが書いた文章をみんなの前で読んでください。

モエ　えーっ、パスしてもいいですか？
高橋　パスはなしです。この授業に関しては、ぼくは完全な独裁者ですので（笑）。
モエ　えーっ、きついです。大学でも同じことをやるんですか？
高橋　はい、もちろん。この授業は、世界でいちばん学生を「虐待」する授業でもあるんです。でも、大丈夫。みんな文章がうまくなるはずですからね。では、みんなの前に立って、タイトルをいってください。
モエ　初めまして……。タイトルは「私」です。

はじめまして。M・Y（女性）と申します。年齢は……20代半ばということだけ伝えておきます。

私は、よく長女っぽいと言われますが、実は一人っ子です。でも、中学生の頃から近所の子ども達《たち》の世話を頼まれたり、彼らと一緒に遊んだりしていました。そのため子どもには慣れている方です。そうやって過ごしてきたからか、今でも子どもは大好きです。

私がどんな人か。とにかく何事にも明るく振舞おうとはしています。でも自己

評価すると、やはり悪い部分は必然的に出てくるもので、怒りっぽくて、たまに口が悪くなってしまうことが悩みです。

自分の周りの人に聞いて見ると、「いつでも全力」とか、「裏表がなくて、明るい」との答えが返ってきました。私はそんな人みたいです。

私の職業は、教師です。正直……幼稚園や小学校の先生になろうか迷ったこともありましたが、中学校の先生になることを決めました。決め手は、子どもたちの精神的な成長を見ることができる、ということです。現在は中学2年生の担任をしています。

教師という職業で、子ども達を教育する以上、私が良い教師でなくてはなりません。時には叱ったり、寄り添ったりすることも必要です。そうやって子ども達の成長を支え、私も子ども達に支えられ、これからも教師生活を邁進《まいしん》していきたいと思っています。やはり、教師になってよかったです。

高橋　はい、読み終わったら、聞いていた人たちはみんなで拍手！　感想はどうかな？

コウキ　誰のことか考えてなかったんですが、教師の仕事を楽しんでいるんだろうなあ、教師の仕事って大変なんだろうなって思いました。

高橋　はい、ではあなたの感想は？

子ども1　自分を見つめているというか、幸せだなーと思いました。書く前に、この人を書こうと思うんだけどっていわれてたから、モエがその人に見えてくるくらい、すごいその人の人物像をうまく、細かく表現していると思いました。

高橋　えっ、知っているわけですね、この人のこと？

子ども1　はい（笑）。〇〇先生。

高橋　おー、個人情報だ（笑）。

この授業のルールをいくつか説明しておきます。まず①、テーマを出して書いてもらいます。テーマの説明はしません。次に②、書いてもらったら、当人がみんなの前で朗読します。みなさんは、聞いたら、拍手してください。そして、③、みんなに感想を訊きます。その際、前の人と同じことをいってはいけません。全員違う感想をいわなきゃなりません。後になるほど、違う感想は出てきにくいですね。でも、違う感想が出てくるまで、ぼくがずっと横に立って、プレッシャーをかけつづけます（笑）。そして、④、でも、文章の添削は一切しません。というわけです。では、続けましょう。はい、感想は？　なんでもいいよ。

子ども2　同じことしかいえないのでギブアップです。

高橋　うーん。大学の授業のときには、そのままずっと立って睨《にら》んでいるんだけど(笑)、今回はちょっと時間がないので、次に進みましょう。作者のモエさん、みなさんの感想を聞いてどう思いましたか？　読んだときの感想も教えてください。

モエ　自分じゃないので、自分の思いをいうより恥ずかしくなかったです。でも批評されるのは恥ずかしかったです。

高橋　そうですね。批評されるって恥ずかしいでしょ？　その通りです！

「渋谷109方式」で文章が書ける！

高橋　大学でこの授業を始めたとき、じっくりと考えてみました。どうやって、文章の書き方を教えたらいいんだろうって。もちろん、文章を書くやり方はいくつもあります。それから、どんなふうにすれば、「うまい」文章を書けるのか、それを教えることもできます。でも、なんだか違う、って思ったんです。昨日もいったように、ぼくは、誰かに文章の書き方を教わったわけではありません。いや、確かに、たくさんの、「本の中の先生」に教わったのは事実だけれど、授業をするときのぼくは、「本の中」にいるわけじゃありません。教育というのは自己教育だ、と鶴見俊輔さんがいったことは、もうお話ししました。文章を書くことだって同じです。自分で学ばなきゃなりません。

じゃあ、先生がいて、ほかの学生もいる、そんな教室の中での「自己教育」っていうのはどういうものなんだろう。そもそも、そんなことができるんだろうか。そのとき、先生であるぼくはなにをしたらいいんだろう。ずいぶん悩んだんです……っていうのはウソですが(笑)、やり方が思いつかなかったのはほんとうです。

では、ぼくの「言語表現法」はどうやって思いついたのでしょうか。秘密をばらしてしまいますね。

東京の渋谷に「109」というファッションビルがあります。たくさんの、若い女の子向けのファッション・ブランドが入ったビルです。どうして、ぼくがそこに行ったのかは訊かないでください(笑)。「109」の、いろいろなテナントを見ていて、突然、気づいたことがあります。どのショップにいる店員の女の子たちも、みんなキレイなんですよ。どうして、美人ばかりなんだろう。やっぱり、面接で美人ばかり採用するんだろうか。まあ、ふつうはそう思います。っていうか、そんなバカなことを考える人はあまりいないんじゃないでしょうか（笑）。でも、ぼくは、その疑問を解きたいと思いました。そして、店員の女の子たちに、次々、質問してみたのです。どうして、あなたたちはみんな美人なんですか、って。どうも、ナンパと勘違いした人もいたようでしたが（笑）、みなさん、きちんと答えてくれました。そして、みんな同じ答えなんです。わかりますか？

こう答えてくれたんです。「ああ、それはたぶん、いつも人に見られているからだと思います」って。いつも人に見られているから緊張している。少しでも、よく見られたいと思う。そういう気持ちをいつも抱いている。だからキレイになる、というわけです。「だから、やめるとブスになります！」って。

「なるほど」とぼくは思いました。そして、思い出しました。ぼくも、文章を書くとき同じようなことを体験していたのです。誰かに読まれていると思えるほど、正確にいうと、たくさんの人に読まれていると思えるほど、きちんとした文章になるのです。そこで、誰かが、ぼくが書いた文章を添削しているわけじゃありません。いつも同じように真剣に書いているつもりでも、他人の視線を意識するほど、書くものの質も書くことも変わってきます。

ただ書くのではなく、その上で、自分が書いたものを立って朗読する。朗読が始まった瞬間、周りで聞いているみんなの声やつぶやきや息をのむ音や体を動かす音が耳に入ってきます。みんなが笑ったり、「えっ？」と驚いたり、「へぇえ」と感心したり、すっかり聞き入って静まり返ったり、逆に、つまらなくて集中力が切れてぼんやりした空気が伝わってきたり。書いたことばが音になり、空中に流れると、まるで、それが音楽のように教室全体に広がっていくのです。ぼくがやらなきゃならないのは、そんな場所や空間を作ることで、確かに、その後で、その文章について説明はするのですが、それよりも遥《はる》かに大切なのは、最初にみんなで作り出す、みんなが耳になって、そのことばに聞き入る空間なのでした。

こういうことば、こんな文章に、読む人たちはこういう反応をするんだ、と体で感じる。そのことを繰り返しているうちに、少しずつ、人に読まれる文章を書けるようになってゆきます。ぼくは、これを「渋谷１０９方式」と呼んでいます（笑）。もちろん、これは、文章を「うまく」書けるようになるただ一つのやり方ではありませんし、そもそも、文章を「うまく」書く必要があるのかどうかも、考えてみなければなりませんね。でも、そういったことはみんな、実際の現場で文章を書き、それを読み、耳を澄ませて聴く、ということの中から、わかってくることだと思います。

ところで、さっきもやったように、このやり方では、書き、朗読した後、それを聴いたみんなに、むりやり感想をいってもらっています。まるで、乾いたぞうきんを絞るように（笑）。実際、一つの文章から、10も20も、他人と違った感想を引き出すのはとても難しいのです。だからこそ、みんな、どんなときよりも真剣に、朗読されている文章に耳をかたむけ、そこで何が起こっているのか探ろうとするわけなんですね。

ぼくが学生の文章を添削しないわけ

高橋　もう一つ。それは、学生たちが書いた文章を添削しないことです。なぜでしょうか。コウキくん。

コウキ　創作だから。

高橋　それは、いい意見ですね。ぼくもそう思います。ところで、コウキくん、添削ってどういうものだかわかりますか？　誰かの文章を添削します。直された文章は、最初に書いた人のものではなく、添削した人の文章になるんじゃないか。いや、正確にいうと、最初に書いた人と添削した人の共同の文章です。でも、最後に責任をとってサインをするのは、添削した人なんです。でも、それでいいんでしょうか。せっかく、がんばって書いたのに。自分の文章が誰か他人の文章になるなんて。自分で考えて、自分で書いて、自分で読んで、それから自分で、もっと別の書き方もあったのに、とか、やっぱりこうしたかったなあと考える。だからまた書きたくなる。ぼくにはそう思えるんです。

添削っていうのは、（ホワイトボードに「なんとなく、書いちゃいなよ！」と書く）ここに赤線ひっぱって、こうやってバツをすることです（「！」に上から×、「なんとなく」の上に二重線を引いて赤字で「たぶん」と書く）。ほら。添削って「×」と「○」でできています。でも、ぼくは○と×をつけたり、二重線で削るのがイヤなんです。確かに添削した方が、もっといい感じの文章になるかもしれない。でも、そのとき、「×」や「○」をつけたり、二重線を引いたりして添削したとたん、「正しい」文章になっちゃうでしょ？　でも、それはほんとうに「正しい」文章なんでしょうか。「×」や「○」をつけるなんて、まるで試験の答案に対しているみたいですね。

たとえば、昨日も話しましたが、「正しい小説」なんてものがあるでしょうか。そんなものはありません。おもしろい小説やつまらない小説、難しい小説や考えさせる小説はあっても「正しい小説」なんてものはないのです。その小説に必要だとするなら、わざわざ、「へんてこな」文章や「文法的に間違った」文章だって、ぼくたちは書こうとするのです。わかっていますよ。それは、小説の場合であって、小説の基準と、ふつうの文章、あなたたちがふだん書く文章の基準はまるで違うのだってことも。でも、ほんとうに、ほんとうにそうなんでしょうか。小説家が小説で書く文章は何でも自由で、あなたたちが学校や、それからいろいろなところで書かなきゃならない文章は、自由に書いてはいけない。それぞれの場所で、決まった書き方があるんだって。とりあえず、なんでも疑ってみるんでしたよね。

一つ、ぼくの好きなエピソードを紹介したいと思います。もう亡くなってしまった小説家で、小島信夫《こじまのぶお》さんという方がいました。小島さんは、亡くなるかなり前から、軽度の認知症に、というか、その程度はよくわからないのですが、とにかく認知症になっても、小説を書きつづけていたのです。すごいですよね。そんなこと、小説家にしかできません（笑）。小島さんが、「群像」という文芸雑誌に書いた小説が載っていて、実は、小島さんの担当編集者は、ぼくも担当していたので、とりわけ注目して読んでいたのです。とにかく、読んで驚きました。誤字脱字があるのは、いいとして……よくないけど（笑）……明らかに、事実に間違いがあるのです。たとえば、夏目《なつめ》漱石《そうせき》の小説『舞姫』、とか、石川啄木《いしかわたくぼく》が書いた小説『坊《ぼ》っちゃん』というような、そんな間違いでした。

不思議なのは、雑誌に文章を載せる場合に、「校閲」という係の人がいて、誤字や文法・事実の間違いを厳密にチェックしてくれるはずです。「校閲」が絶対見逃さないような明らかな間違いがそのまま載っている、どういうことだろう。ぼくがそう訊ねると、担当の編集者は、ぼくにこういったんです。「小島さんが直さなくていい、っていったんですよ。でも、間違いは間違いじゃないですか、って訊ねると、小島さんは『いいんです、そのとき、わたしがそう思ったんだから』って」。その話を聞いて、ぼくはびっくりしました。「間違いを直す必要はない」っていうんですから。こんなこと絶対に学校では教えてくれませんよね（笑）。

小島信夫さんの小説が教える「自由」

高橋　実は、小島さんも、ぼくの大切な「先生」のひとりです。たぶん、小島さんを「先生」と思うようになったのは、いま話したエピソードのころかもしれません。もちろん、小島さんは素晴らしい小説家で、彼が書いたいくつもの小説を読んで感心していました。でも、それだけでは「先生」とはいえません。小島さんのエピソードを聞いて、ぼくは、自分が小さな「常識」の中に閉じこめられていたことに気づきました。どうして、小説なのに、いちいち、書かれていることを直さなきゃならないんだろう。そもそも、「間違っているから直しますよ」といわれて、まったく疑うことすらなかったんですから。ダメだなあ、ぼくは。心の底からそう思ったのでした。もちろん、このエピソードだけじゃありません。小島さんの小説そのものが、さっきのエピソードみたいに「自由」というものを示していたのです。

小島さんが、晩年、認知症になったことは話しましたね。小説の方も、もちろん影響を受けています。おまけに、どんなに間違っていても「直すな！」って、小島さんがいうものだから、とんでもないことになっています。ある小説では、最初に「私は」と書いてあるのに、次の行では「彼は」になり、その次の行では「小島は」になってゆきます。もちろん、全部、同一人物。おそらく、前の行に書いたことを忘れちゃうんでしょう（笑）。いえ、もしかしたら、いったん忘れても、読み返せば思い出すはずなのに、わざとそうしなかったのかもしれません。5人が集まって話している場面を書いているかと思っているのに、よく読むと、途中から6人いるらしい。増えたひとりは誰なんだろう？　まるでわからない。そういうふうに説明してゆくと、とても難しい小説に聞こえるけれど、読んでいると、おもしろい。わけがわからないけれど。

ぼくのゼミで、小島さんの小説を読んだことがあります。もちろん、晩年に書いた、なんとも説明のできない小説です。たとえば、足の悪い小島さんが、ちょっとバランスを失って倒れるシーンを書いているのだけれど、それだけで1ページ近くあるんです。倒れるシーンの実況中継（笑）。ぼくのゼミの学生たちは、ふだんあまり小説を読まないのに、小島さんの小説を読んで、すっかり感動していました。どうして、って訊いたら、「自由すぎます！」って。

また、おしゃべりしてしまいましたね。レット・イット・ビー、「そのままでいさせろ」なんて、なかなかできません。なにより、先生たちは、ちょっと間違っているものとか、ちょっと未熟なものとか、を見ると、教えたくなるものだから。でも、「教えない」ことの大切さもあるのだと思います。そういうわけで、ぼくの授業では、添削もしないし、誤字・脱字も、文法的間違いも直さないのです。ただ読んで、少し説明するだけ。

子どもの作文②「私は土の中に住んでいます」

高橋　さて、次の文章に行きましょう。この紙には、名前が書いていませんね。「私は土の中に住んでいます……」って、誰が書いたのかな？

子ども　はい……。山元《やまもと》はなです。

高橋　では、ハナちゃん。大きな声で、ゆっくり読んでくださいね。
ハナ　はい。タイトルは「私」です。

私は土の中に住んでいます。そこには食料となる小さな虫たちがたくさん住んでいて、食べものにこまることはほとんどありません。ちょっと湿っていて、ちょっと暖かい土の中は、居心地もよく、なかなか暮らしやすい環境です。

しかし、土の中は、いごこちがよくても安全な場所とはいえません。このあいだ私は、土をほって進んでいるうちに一匹の大きなミミズを発見しました。お腹《なか》がすいていたので食べようと私がかみつくと、ミミズは激しくのたうちまわりました。（特別そのときだけ食べるのに苦労したような言い方をしましたが、本当は食事をとる時いつも私は大変な思いをしています。もうなれましたが。私は基本、食べることに全力で挑んでいます。）そのミミズとの格闘に必死になっていたとき、突然獲物と私の間に土をつきやぶって何かが侵入してきました。それは大きくて黒い、くちばしでした。私の獲物はその嘴《くちばし》にとらえられて私の目の前から姿を消しました。土から顔をのぞかしてミミズと巨大生物の様子を見てみなくても、彼があのくちばしにひねりつぶされてしまったことは想像がつきます。私も十分注意して行動しなければ、いつ襲われるかもわかりません。

もうひとつ話すと、私は、雨の日になると迷子になってしまいます。私は危険を察知することやえさをみつけることができても、自分のいる場所がどこかをあまりわかっていません。とにかく、身体《からだ》が、「あ、この場所にいるとなんだか楽……」という場所を選んでいるだけなので。基本的に、じとっと湿っていて、えさがたくさんある場所が私は大好きです。それを体で感覚的に探しながら歩いていると、たまに気づいたときには山から遠く離れてしまっています。よく迷い込んでしまう場所が明るくて暖かい大きなはこのようなところ。名前はわかりませんが、そういう場所です。そこには黒くてテカテカした大きな虫がたくさんいて、それが大好物の私には嬉《うれ》しい場所です。しかし、そこには大きな虫だけでなく、私のいのちを狙うくちばしの生き物の何倍もの大きさの生物もいます。彼らは私を食べはしませんが、ひどく私を嫌っているようすです。私を見るたびにきいろい甲高い奇声を発します。それも恐ろしい顔で！　私は威嚇されたのかと思い、殺されるのは嫌なので逃げようとしますが、なかなか逃げ場がありません。

そんな時はいつ襲われても身を守れるよう、相手を刺せるように準備をします。（言い忘れていましたが、私のおしりには大きな毒針があり、自分の命を守ったり、餌を確保する際につかっています）私の仲間は彼らに、よくわからないなぞの霧を吹きかけられて神経がおかしくなって死んでゆきました。わたしは運良くなんとか逃げきり、今まで生き延びてきました。なぜ彼らは私を嫌うのか、考えたことも考えるつもりもありません。こっちから攻撃をしているわけでもないのに、とつぜん私たちを殺そうとする彼らを理解できません。あんなに大きな体をもっているのに、私達の何を恐れているのでしょうか。私は彼らとコミュニケーションをとるすべを持っていません。彼らとの共存はちょっと難しそうです。
今日も雨が降っているので、迷子になっちゃうかもしれない。

高橋　じゃあ感想を訊きましょう。
子ども1　はい。おもしろかったです。
高橋　どういうところがおもしろかったのかな？
子ども1　人間の話ではなかったところ。昨日宿題出されて1日も時間がなかったのに、人間じゃない話を思いつけたのがすごいと思いました。

高橋　はい。じゃあ、あなた。

子ども2　話し方がゆっくりと大きい声でわかりやすかった。あと文章の方は、聞いている感じだと人間が嫌っているものだけど、そっちの気持ちを考えて書いているのがよく伝わってきて、それがおもしろかったです。

高橋　はい、どんどんマイクを回してください。

子ども3　人って自己中心的に書くけれど、ぼくだったらこういうことは書けないと思いました。そこがすごいっていうか。

高橋　では、あなたは？

子ども4　……。

高橋　難しい？　後になるほど、答えにくくなるよね。じゃあ、あなた、感想は？

子ども5　ここまで想像を膨らませて書けるってすごいと思いました。引き込まれました。

高橋　引き込まれた、ってたとえばどういうところ？

子ども5　たとえば、最初のところ、全力で食事をするとありましたが、人間が食事をするときに全力を注ぐってないけど、でも想像すると人間じゃない生きものは全力かもしれない。人間じゃない気持ちを想像するのがすごい。

高橋　うん、そうですね。

子ども6　明確に出てきているのがミミズしかいないのに、それ以外のことが細かくイメージできるように書いているのがすごいと思いました。

高橋　ですね。書いていないのにね。

子ども7　自分じゃないものを書けるのがすごいと思いました。

高橋　はい、じゃあ、書いた山元はなさん、みんなの感想を聞いて、どう思いましたか？

ハナ　みんなの感想を聞いて、一応何を書いているか伝わる文章になっていたというのがわかって安心したのと、もうちょっと直すべきところが見えたので、そこを直せたらもうちょっとおもしろいものになったのではないかと思いました。書いた感想としては、その虫になりきりたかったというよりは、その虫が寮とか学校で出るとみんなめっちゃ驚いて殺したりするんです。それで殺さないでくれよ、といいたかった（笑）。

高橋　そうか、みんな虐殺しているのか（笑）。
ハナ　書いていてすごく楽しかったです。
高橋　どうして楽しかったんだろうね？
ハナ　たとえば、書いているのはムカデのことについてなんですけれど、ムカデはどんな気持ちなんだろうと思って、ちょっと調べてみると、でっかいムカデになるとネズミや蝙蝠《こうもり》を食べるときがあるらしいんです。自分よりも大きなものを食べようなんてすごい生命力だと思ったし、人間だったらふつうに何気なくやっていることでも虫にとってはものすごい労働量で、生きることの必死さみたいな、人間にはわからない目線が難しかったです。

自分以外の「私」を想像して書く

高橋　今回は「私」というテーマで、ただし自分以外の「私」で、書いてもらうことにしたんだけれど、「私」というテーマで書くとき、自分のことを書くのと、自分以外のことを書くのと、どちらが書きやすいと思いますが、読みやすいのは虫の方です。
ハナ　書きやすいのは自分のことだと思いました？
高橋　どうして？
ハナ　自分のことは恥ずかしいっていうか……。
高橋　ぼくがやっている「言語表現法」という授業では、毎年テーマはいろいろ変えていますが、1年間で10から13個のテーマをあげて文章を書いてもらっています。同じテーマだとぼくが飽きてしまうので（笑）、毎年、なるたけテーマは変えるようにしているんです。
でも、1回目はいつも「私」がテーマです。どうして、ずっとそうしているのかというと、それは、「私」というテーマがつまらないからです（笑）。なんとなくわかるかなあ。だって、学生に書かせると、みんな、生まれたのはどこそこで、どんなふうに育って、両親はこういう人で、明治学院大の何年生で、趣味はなんとかで、と履歴書みたいなことを書いてくるわけです。そうなんだ、「私」ってテーマだと、まず、そういうことを書いてしまうんだ、って思うんです。もちろん、そうじゃないものを書く学生もいるんだけどね。

とにかく、そうやって、4月の1回目の授業で「私」について書いてもらって、翌年2月の最終回で、もう一度「私」について書いてもらいます。当然だけれど、中身がまったく違っています。1回目は、わりと自信タップリに、というか、なんの疑いもなく、「私」について、「私」だと思っていることを書く。けれど、1年経つと「私は私のことをわかっていなかった」っていうような文章に、みんな変わってます。まあ、「私」が、なんだかわからない「ムカデ」に変わるわけです。私がムカデに進化するのかな（笑）。みんな、自分のことはなんとなく知っていると思うでしょ？　でも、1年経つと、そうじゃないのかもしれない、と気づくんです。はい、コウキくん、どう？

コウキ　いろんなときがあると思います。自分のことを知りたいと思うときもあるけれど、もうこれ以上知りたくないというときもあるような気がします。いろんなときがあるので、自分で自分のことをわかっているかどうかもわかっていないんじゃないかと思います。

高橋　そうだよねえ。わかっているかどうかもわからないよね。ぼくも、コウキくんと同じで、最近ますます自分が謎です。ハナちゃんはどうかな？

ハナ　自分のことはわからないんですけど、わかっているところもあると思います。

高橋　うん、確かにそうだね。1回目に「私」を書いてもらうと、わかっている「私」、自分だけを書くことが多いですね。わからない「私」、自分は書けないから。ところが1年経つと、みんな、わからない「私」、自分にチャレンジしてくるようになります。2回目に書いてもらうと、みんな、「私」を他人のように書く。「私」のお尻には毒針があります、みたいに。それまで1年間、いろいろなテーマで書いてもらううちに、「そうだ」と信じてきたこと、当たり前だと思って考えてもみなかったことが、「そうではないかもしれない」と思えてきて、その中で、いちばん大きな謎が「私」だと思うようになるんです。ぼくが、あれこれいわなくてもね。この自分以外の「私」を想像して書くということは、知らなかった「私」を考える、というお仕事でもあるんです。できれば、この後、もう一度、「私」について書いてみてください。そうすると、きっと、「私」についての書き方も変わってくるでしょう。

文章を書くということは、難しいといえば難しい。何かを読むのも、何かについて書くのも、どちらも、ことばを使って考えることです。読みながら考える、書きながら考える。だとするなら、最初から答えを知っていたらおもしろくないでしょう?

子どもの作文③「私は私がわかりません」

高橋　はい、では次の文章に行きましょう。これも名前が書いていないな、「私は私がわかりません」って書いたのは誰？

子ども　はい。鈴木《すずき》あゆのです。

高橋　アユノちゃんですね。どうぞ。朗読してください。

私は私がわかりません。なぜかと聞かれれば、すぐに答えます。私は私を見たことがないからです。みたくても見えないんです。くるくる回っても、見えないんです。わかることといえば、時々見える私の足は透明です。そして、常に私はゆらゆら、ゆらゆら揺れています。ぷかぷか、ぷかぷかと。お腹が空くと、この足を使います。私の足にはどうやら「毒」があるようなのです。なので、この「毒」を使って食べたい獲物を殺します。それから、ゆっくりと食事を始めるのです。

私の周りはいつも青色ですが、黒くなることもあります。そんな時は、上の方から黄色が差し込みます。

私はいつも一人です。ですが、いつも誰かが通り過ぎます。大きい何かや緑のひらひら、ピンクや銀色、いろんな何かが通り過ぎます。声をかけても聞こえません。私の声は小さいのでしょうか？ それとも聞いていないのでしょうか？ それとも見えていないのでしょうか？ 私にはわかりません。誰も答えてくれないので。いつか答えてくれる何かは現れるのでしょうか？

私はいつか私が見えるでしょうか？ 私は一体なんなのでしょうか？

高橋　アユノちゃん、読んだ感想は？
アユノ　恥ずかしいです。
高橋　なんで？
アユノ　自分が書いたものを、自分のことじゃなくても人に聞かれるのは恥ずかしいです。
高橋　「きの校」では、文章書くことが多いでしょ？ ふだんも恥ずかしいと思うの？

アユノ　思わないです。読まれないから。

高橋　そう、書くだけなら恥ずかしいとは思わない。ぼくは思うんですが、恥ずかしいと思った方がいいんです。昨日もいいましたが、小説家は読者がいなければ小説家じゃありません。ただ書くだけなら小説家ではない。ぼくはそう思います。これは不思議なんですが、他人に読まれないと思って原稿を書いていると、まるでやる気が出ないんですよね。読まれると思うと、ものすごく緊張する。違う人格になってしまう。恥ずかしいから緊張するんです。ぼくは30年以上、小説家として書いていますが、今でもものすごく恥ずかしいです。でも恥ずかしいときはいいものが書ける。それは、現実に読者がいる、ってことでなくてもいいんです。自分しか読まなくても、そのたったひとりの自分という読者に向かって、恥ずかしいな、って思えればね。でも、アユノちゃんの場合は、そういう意味じゃないですよね。

アユノ　自分だけが注目されるのが恥ずかしいんです。

高橋　そう。なんでも人に見られるのは恥ずかしい。読んでいるときの、みんなの反応で「冷たいなあ」と思ったり、「あいつ、私のこと、バカだなと思っている」と思ったり。いろんな目にさらされる。いろんな視線に遭遇する。だから恥ずかしいんです。でも、そういう目があった方が真剣になるんですよね。はい、では、あなたの感想は？

子ども1　聞き取りやすかったです。

子ども2　かわいい雰囲気の話なのに、殺すというのがなんかすごいと思いました。そのコントラストが好きです。

高橋　コントラストか。いいねえ。新しいことばですね。はい、では、感想は？

大人1　今まで読んでくれた人は、どこかでそういうのになりたいって気持ちがあるのかと思いました。意識的か無意識的かわからないですけれど。

大人2　見えないというのが不思議だと思いました。何かわからないけど、ことばのタッチがすごいと思いました。

大人3　一晩でここまで想像して書くのがすごい！　色などがすごい。

高橋　はい、ここまでみんなの感想を聞いて、書いたアユノちゃん感想どうぞ。

アユノ　何か伝わったのかな。よかったと思いました。

高橋　ありがとう。では、少し、ぼくの感想をいわせてください。

「私は私がわかりません」というところから始まって、確かに、これはクラゲの話です。でもおもしろいのは、読んでいて、これは人間のことかもしれない、と感じられることですね。「私は私がわかりません。なぜかと聞かれれば、すぐに答えます。私は私を見たことがないからです」。ねっ、そうでしょう。なんて変わった人なんだ、自分を見たことがないなんて！　透明人間なんだろうか？　あるいはもっと、ここには深い意味があるんだろうか。そういえば、私だってふだん私のことは見えない。だってそうでしょう。私が私を見ることができるのは、鏡に映っているときだけです。いつも、私は、映っている私しか知らないのです。

アユノちゃんは、クラゲのことを書こうとしたのに、気がつかないうちに、「私」の秘密の部分に触れてしまった。書いているうちに、知らないところにたどり着いてしまったみたいです。でも、書くということには、そんな不思議にぶつかる力があるんです。「私」を直接のぞきこむより、ぜんぜん関係ない「私」について書いている方がずっと、「私」について、たくさんのことを教えてくれたりするわけですね。

ぼくが「言語表現法」の授業で、いつもテーマだけいって、それ以上、なにも説明しないのは、自分で工夫して書いていくうちに、「こんなやり方で書けるんだ」ということを発見してもらうためです。こういうやり方があるよ、こんなふうに考えてみたらどうかな、って、書く前にぼくがいってはいけないんです。

子どもの作文④

「僕の名前はブラウン」

高橋　はい、では、次の文章を読んでもらいましょう。タイトルは、「僕の名前はブラウン」。書いたのは誰ですか？

子ども　はい、戸田航士朗《とだこうしろう》です。

僕の名前はブラウン。今何歳かはわからないが僕は年を取らない。ずっと子供のまま。僕は学校に行ったことがない。お父さんはいつも家でお酒を飲んでいる。だから僕と母さんは仕事をしなくてはならない。仕事はすごく大変だ。たまに犯罪みたいなこともしないといけない。だから危険で気持ちが疲れる。でも僕はなにもかもが嫌なわけではない。僕は熱中してることがある。僕は仲間たちとジュースを作っている。そこら辺にある木の実とかをてきとうにまぜて作っている。みんなまずいという木の実も色々混ぜてるとおいしくなったりした。ある日それを町で売ってみたら、意外と売れた。その後も売っていると人気になってまねする人が出てきた。そのおかげで僕は今までみたいな大変な仕事をしなくてよくなった。でも、みんながジュースを作るから、町中から木の実が無くなってしまった。僕はまた元の大変な仕事をしなくてはならなくなった。

高橋　はい、コウキくん、今の文章を聞いた感想はどうですか？

コウキ　なんかすごく勝手に解釈しちゃうけれど、木の実を石油とか石炭に置き換えると、人間の未来を暗示しているようにも聞こえました。おもしろいなと思いました。

高橋　はい。では、次の人。

子ども1　詩みたいな、小説みたいな雰囲気もありました。ちょっとこれまでのとは違う雰囲気があると思いました。

子ども2　「僕は年を取らない」ってどうしてそこに入れたのか、後半の文章とのつながりがぜんぜん見えなくて。すごく孤独な少年なのか。
子ども3　今まで通りの仕事に戻ったというのが、説明できないけれど深いと思った。
高橋　コウシロウくん、これ、もしかしたら、参考にした何かがある？　文章の飛躍の仕方が独特で、何かもとになるものがあるのかなと思ったんだけど。
コウシロウ　自分で作ったんですが、年を取らないブラウンという名前の主人公が出てくるのはあります。
高橋　なるほど。では、みんなの感想を聞いて、どう思いました？
コウシロウ　みんなの感想を聞いて、小説みたいといわれるのは想像していなくて、うれしいというのと意外という気持ちがありました。もうちょっと細かい情報を書いたらよかったかもと思いました。
高橋　小説みたいという感想が出たのは、名前はブラウン、年を取らない、学校に行かない、犯罪みたいな……、と一つ一つ的確だからだと思います。これはもとに何か大きい話があって、そのエッセンスが主人公になったのかなと思いました。きっともとの話もおもしろいんだと思いますね。
コウシロウ　はい。すごくおもしろいです。

高橋　読んだことのある話があって、その主人公になってみる。それもいいですね。ほかの人が作ったお話の登場人物になってみる、そして、その登場人物がどんな人間なのか考えてみる。自分が前に読んだお話があって、それだけでは物足りなくなったら、自分でお話を作ればいいんです。そうやってアレンジしていくと、自分が読んだお話の先に行けるかもしれません。作者だってできないことをやれるかもしれないのです。コウシロウくん、ありがとう。

あー、気がついたら、終わりの時間が近づいていますね。もっとたくさん読んでもらいたいんだけど、この授業は、そろそろ終わりにしましょう。

ほかの誰にも書けない文章

――木村センさんの遺書

高橋　さあ、そろそろまとめの時間にしたいと思います。でも、ほんとうは、簡単にまとめちゃいけないんですけれどね。

今日は「書いちゃいなよ!」という授業をしました。そして、みなさんに、書いてもらったものを少しだけ読んでもらいました。大学では、毎週1回、1年間で30回やる授業です。ほんとう、この1年間という長さが大切なので、1回だけでは難しかったですね。でも、少し何かに触れたと、あなたたちに思ってもらえたらうれしいです。

最後に、昨日配ったプリントのうち、『老人の美しい死について』という本のコピーを見てください。この文章を書いた人も、ぼくの大切な先生です。この人が書いたのは、こんな文章でした。

四十五ねんのあいだわがままお
ゆてすミませんでした
みんなにだいじにしてもらて
きのどくになりました
じぶんのあしがすこしも いごかないので よくよく やに

なりました　ゆるして下さい
おはかのあおきが　やだ
大きくなれば　はたけの
コサ*になり　あたまにかぶサて　（＊コサ＝木障・木の陰）
うるさくてヤたから　きてくれ
一人できて
一人でかいる
しでのたび
ハナのじよどに
まいる
うれしさ
ミナサン　あとわ
よロしくたのみます
二月二日　二ジ

――朝倉喬司《あさくらきょうじ》『老人の美しい死について』作品社

そういえば、これも、間違いだらけの文章ですね。でも、これ以上美しくて、的確な文章も、ないように思います。

これを書いたのは木村《きむら》センという女の人です。少しだけ木村センさんのことをお話ししましょう。木村センさんは、明治24年、群馬《ぐんま》県《けん》吾妻郡《あがつまぐん》の農家に生まれました。そして、生涯、ひとりの無名の農民として働きつづけた人です。木村センさんは、その晩年、昭和30年のことですが、転んで大腿骨《だいたいこつ》を骨折して寝たきりになり、働くことができない体になりました。そして、それを理由にして、その年の2月に自宅で首をつって亡くなります。

木村センさんは日本の典型的な農民でした。農民の多くは貧しくて、ずっと働く必要があって、ほとんど学校にも行けない人が多かった。ましてや女性の場合は。だから、ほとんど学校に行けなかったセンさんは、字が書けなかったんです。では、どうやって、彼女はこの文章を書いたのでしょうか。

——いかにも不本意な表情で天井を眺め続けていた彼女は、ある日、手数をかけて——

体を起してコタツに向い、丸めた布団で体を支え、小学校入学を四月に控えた孫の相手をしながら文字の手習いを始めた。

老女の時ならぬ学習は何日か励行された。

家族はびっくりした。とくに息子は、自分が小学生のころ、家で教科書を開いていると、

「本べえ（ばかり）読んでるじゃねえ、仕事をしろ」

とか、

「家《うち》じゃべんきょうなんずしっといい（勉強などしなくていい）、学校だけでたくさんだ」

などと叱った、その同じ母親が、

「あ」

とか、

「い」

とか声を出しながら、孫と一緒に絵本を読む様子をけげんな表情で眺めた。

ずっと働きづめで……朝から晩までとにかく体を動かして何かをやってないと

気の済まない人だったから……何もせずに寝てることなんてできないのだろう。きっと以前からおばあちゃんは「字を覚えたかった」のだ。だけどそれがなかなか言い出せなくて、やっと今こんな状態になって、それを実行に移す気になったものらしい。

これが事態に対する家族の解釈だったが、コタツに背中を丸めたおばあちゃんの真意には気づけなかった。もちろんこれは、「気づけ」という方が無理な話であり、読者はすでにお察しだろうように、彼女は遺書を家族に残そうという、それがただひとつの目的で手習いを始めたのだった。

——前掲書

高橋　センさんは、その生涯をずっと貧しい中で働いてきました。ところが、大腿骨を折って働けなくなってしまった。センさんは、もう役に立たない者は生きていてはいけない、と思っていたのです。それが、生涯を農民として生きてきた木村センという人間がたどり着いたモラルだったのです。家族は、そんなことは思ってもいなかったでしょうが、彼女は、動けない体で家族に迷惑をかけることなどできないと思ったのでした。そのまま黙って死ぬこともできたはずです。けれども、センさんには、家族に残したい思いがあった。それを口にすることはできないけれど、どうしても、ことばにしておきたかった。そして、センさんは文字が書けなかったのです。センさんが書いたのは短い文章で、誤字脱字もあるし、漢字はほとんどなくて、ひらがなとカタカナも交じっていますよね。これが、木村センさんが生涯に唯一書いた文章です。彼女は64歳で、遺書を書くために文字を習ったんです。これは、ぼくの大好きな文章です。この文章が好きな理由はいくつかあります。

まず、木村センさんは学校で文字を習っていなかった。正確には、少しは学校に通って、習ったこともあったかもしれないけれど、そんなものは、日々の厳しい労働の中ですっかり忘れてしまった。だから、センさんは、文字を独学独習したのです。「教育とは自己教育である」というお話はしましたね。センさんがやったのも、そうでした。彼女は、自分のために、自分の力で、自分を教育したのです。ぼくもたくさんの文章を書いてきましたが、木村センさんが書いたもの以上に切実な理由で文章を書いたことがあるだろうかと思うのです。センさんの文章が素晴らしいのは、その目的がはっきりしているからです。どうしても書かなければならない理由が、彼女にあったのです。そして、できあがった文章は、不完全で、間違いだらけではあるけれど、別の意味では「完璧」でもあるのです。だって、これほどまでに「伝わる」文章を想像することはできないのですから。そんな文章を添削したら、おかしいですよね？　この文章には木村センさんという人間のすべてが詰まっているのです。いや、木村センという人間は、さらにこの文章の向こうにあるのかもしれませんね。これは、ぼくが理想とする文章の一つです。ぼくは作家ですが、こんな文章は書けません。こんな文章は、ほかの誰にも書くことはできません。

「自分」という不思議なものを、ことばにする

高橋　ぼくはずっと、「先生」の話をしました。先生はぼくたちに何かを教えてくれる存在です。何かをするのはぼくたち自身ですが、それは先生の真似をするということではありません。木村センさんは「自分」の端まで自分で歩いていきました。その最後の歩みに寄り添っていたのが「ことば」だったのです。

センさんのように、ぼくたちもひとりひとり、モヤモヤを抱えた「自分」という不

思議なものをことばにできるといいなと思います。ことばにすることで、自分というものが少しわかるようになるかもしれません。確かに、この文章を読んでいると、一度も会ったことのない、ずいぶん前の時代に生きた木村センというおばあさんのことがわかるような気がします。どうしてなんでしょう。文章は下手だし、誤字脱字ばかりだし、おかしなところしかないのに。でも、やっぱり、わかる。何かが強く伝わってくる。それは、どうしても書かなければいけないという気持ちがセンさんにあったからです。そういうことは滅多にないのです。でも、ことばの世界の端っこにはこういう人がいて、こんな文章が残されている。この人に読まれても恥ずかしくない文章を書ければいいな、とぼくはいつも思っています。

あなたたちも、それぞれ、どこかにいる、あなたたちの先生の文章を見つけてください。その先生は、あなたにはない何かを持っていて、訊けば、なんでも教えてくれます。でも、訊かないと何も教えてくれません。「先生」がいる場所までは、ぼくたちの方から歩いていかなければいけないのです。「先生」はだいたい本の中に住んでいますね。それから、クローゼットの奥の壁の向こうとかね（笑）。そこまで出かけて、そんな先生たちを見つけてください。２日間、聞いてくれてありがとう。またお会いしましょうね。

ここからは、ちょっと大人のみなさんにお話があります。

ここ「きの校」は、のびのびしていて、すごくすてきな教育環境だと思います。これからもがんばって子どもたちに寄り添ってあげてください。ぼくがいつも自分にい聞かせていることがあります。それをちょっと最後にお伝えしたいと思います。教育は大変ですよね。ぼくが心がけているのは、子どもたちを絶対に否定しないことです。子どもたちはいうことを聞かないこともあるし、いろいろいいたくなることもあるけれど、ぼくたち大人だって、たくさんの欠陥を持っています。欠陥が多い大人が、欠陥の多い子どもに接しているわけですから、うまくいかなくても当たり前です。やれることは、子どもたちの間違っているところ、おかしいところを含めて肯定してあげることだと思います。

ほんとうは、最後に、ぼくが好きな、もうひとりの先生、『ゲド戦記』を書いたアーシュラ・クローバー・ル＝グィンが、ある女子大の卒業式に招かれておこなった講演を読もうと思っていました。「左ききの卒業式祝辞」という祝辞です。アメリカでは有名人が大学の卒業式で祝辞を述べる習慣がありますね。スティーブ・ジョブズの祝辞も有名です。その中でも、このル＝グィンの祝辞は、ほんとうに素晴らしいものなんですが、残念ながら、朗読する時間がありません。どうか、後で、ゆっくり読んでください。そして、いつか、ぼくにその感想を聞かせてください。これで「5と$\frac{3}{4}$時間目の授業」を終わりにします。ありがとうございました。さよなら。

＊本書中の引用文については適宜ルビを補いました（編集部）。

●この作品は二〇一九年八月に小社より単行本として刊行されたものです。

|著者| 高橋源一郎　1951年、広島県生まれ。作家、明治学院大学名誉教授。1981年「さようなら、ギャングたち」で第4回群像新人長篇小説賞優秀作を受賞しデビュー。1988年『優雅で感傷的な日本野球』で第1回三島由紀夫賞、2002年『日本文学盛衰史』で第13回伊藤整文学賞、2012年『さよならクリストファー・ロビン』で第48回谷崎潤一郎賞を受賞。ほかの著書に『一億三千万人のための小説教室』『ぼくらの民主主義なんだぜ』『読んじゃいなよ！――明治学院大学国際学部高橋源一郎ゼミで岩波新書をよむ』など多数。

5と$\frac{3}{4}$時間目《じかんめ》の授業《じゅぎょう》

高橋源一郎《たかはしげんいちろう》

講談社文庫

定価はカバーに
表示してあります

2022年4月15日第1刷発行

KODANSHA

発行者――鈴木章一
発行所――株式会社　講談社
東京都文京区音羽2-12-21　〒112-8001
電話　出版（03）5395-3510
　　　販売（03）5395-5817
　　　業務（03）5395-3615

デザイン―菊地信義
本文データ制作―講談社デジタル製作
印刷―――株式会社KPSプロダクツ
製本―――株式会社国宝社

Printed in Japan

ISBN978-4-06-526810-0

講談社文庫刊行の辞

二十一世紀の到来を目睫に望みながら、われわれはいま、人類史上かつて例を見ない巨大な転換期をむかえようとしている。

世界も、日本も、激動の予兆に対する期待とおののきを内に蔵して、未知の時代に歩み入ろうとしている。このときにあたり、創業の人野間清治の「ナショナル・エデュケイター」への志を現代に甦らせようと意図して、われわれはここに古今の文芸作品はいうまでもなく、ひろく人文・社会・自然の諸科学から東西の名著を網羅する、新しい綜合文庫の発刊を決意した。

激動の転換期はまた断絶の時代である。われわれは戦後二十五年間の出版文化のありかたへの深い反省をこめて、この断絶の時代にあえて人間的な持続を求めようとする。いたずらに浮薄な商業主義のあだ花を追い求めることなく、長期にわたって良書に生命をあたえようとつとめるところにしか、今後の出版文化の真の繁栄はあり得ないと信じるからである。

同時にわれわれはこの綜合文庫の刊行を通じて、人文・社会・自然の諸科学が、結局人間の学にほかならないことを立証しようと願っている。かつて知識とは、「汝自身を知る」ことにつきていた。現代社会の瑣末な情報の氾濫のなかから、力強い知識の源泉を掘り起し、技術文明のただなかに、生きた人間の姿を復活させること。それこそわれわれの切なる希求である。

われわれは権威に盲従せず、俗流に媚びることなく、渾然一体となって日本の「草の根」をかたちづくる若く新しい世代の人々に、心をこめてこの新しい綜合文庫をおくり届けたい。それは知識の泉であるとともに感受性のふるさとであり、もっとも有機的に組織され、社会に開かれた万人のための大学をめざしている。大方の支援と協力を衷心より切望してやまない。

一九七一年七月

野間省一

講談社文芸文庫

大澤真幸
〈自由〉の条件
個人の自由な領域が拡大しているはずの現代社会で、閉塞感が高まるのはなぜか？ 他者の存在こそ〈自由〉の本来的な構成要因と説くことにより希望は見出される。

978-4-06-513750-5 おZ1

大澤真幸
〈世界史〉の哲学 1 古代篇
解説＝山本貴光

資本主義の根源を問う著者の破天荒な試みがついに文庫化開始！ 本巻では〈世界史〉におけるミステリー中のミステリー＝キリストの殺害が中心的な主題となる。

978-4-06-527683-9 おZ2

講談社文庫　目録

講談社文庫　目録

土橋章宏 超高速！参勤交代 リターンズ
戸谷洋志 Jポップで考える哲学〈自分を問い直すための15曲〉
富樫倫太郎 信長の二十四時間
富樫倫太郎 スカーフェイス〈警視庁特別捜査第三係・淵神律子〉
富樫倫太郎 スカーフェイスII デッドリミット〈警視庁特別捜査第三係・淵神律子〉
富樫倫太郎 スカーフェイスIII ブラッドライン〈警視庁特別捜査第三係・淵神律子〉
富樫倫太郎 スカーフェイスIV デストラップ〈警視庁特別捜査第三係・淵神律子〉
豊田 巧 警視庁鉄道捜査班〈鉄血の警視〉
豊田 巧 警視庁鉄道捜査班〈鉄路の牢獄〉
砥上《とがみ》裕將《ひろまさ》 線は、僕を描《えが》く
夏樹静子 新装版 二人の夫をもつ女
中井英夫 新装版 虚無への供物(上)(下)
中島らも 僕にはわからない
中島らも 今夜、すべてのバーで〈新装版〉
鳴海 章 フェイスブレイカー
鳴海 章 謀略航路
鳴海 章 全能兵器AiCO《アイコ》
中嶋博行 新装版 検察捜査
中村天風 運命を拓く〈天風瞑想録〉

中村天風 叡智のひびき〈天風哲人 箴言註釈《しんげんちゅうしゃく》〉
中山康樹 ジョン・レノンから始まるロック名盤
梨屋アリエ でりばりぃAge
梨屋アリエ ピアニッシシモ
中島京子 妻が椎茸だったころ
中島京子ほか 黒い結婚 白い結婚
奈須きのこ 空の境界(上)(中)(下)
中村彰彦 乱世の名将 治世の名臣
長野まゆみ 簞笥のなか
長野まゆみ レモンタルト
長野まゆみ チマチマ記
長野まゆみ 冥途あり
長野まゆみ 45°〈ここだけの話〉
長嶋 有 夕子ちゃんの近道
長嶋 有 佐渡の三人
長嶋 有 もう生まれたくない
永嶋恵美 擬態
永井 均 内田かずひろ 絵 子どものための哲学対話
なかにし礼 戦場のニーナ

なかにし礼 生きる力〈心でがんに克《か》つ〉
なかにし礼 夜の歌(上)(下)
中村文則 最後の命
中村文則 悪と仮面のルール
編/解説 中田整一 真珠湾攻撃総隊長の回想〈淵田美津雄自叙伝〉
中田整一 四月七日の桜〈戦艦「大和」と伊藤整一の最期〉
中村江里子 女四世代、ひとつ屋根の下
中野美代子 カスティリオーネの庭
中野孝次 すらすら読める方丈記
中野孝次 すらすら読める徒然草
中山七里 贖罪の奏鳴曲《ソナタ》
中山七里 追憶の夜想曲《ノクターン》
中山七里 恩讐の鎮魂曲《レクイエム》
中山七里 悪徳の輪舞曲《ロンド》
長島有里枝 背中の記憶
長浦 京 赤《セキ》刃《ジン》
長浦 京 リボルバー・リリー
中脇初枝 世界の果てのこどもたち
中脇初枝 神の島のこどもたち

講談社文庫　目録

日本推理作家協会編　Bluff《ブラフ》 騙し合いの夜〈ミステリー傑作選〉
日本推理作家協会編　ベスト8ミステリーズ2015
日本推理作家協会編　ベスト6ミステリーズ2016
日本推理作家協会編　ベスト8ミステリーズ2017
二階堂黎人　ラ　ン　迷　宮〈二階堂蘭子探偵集〉
二階堂黎人　増加博士の事件簿
新美敬子　猫のハローワーク
新美敬子　猫のハローワーク2
西澤保彦　新装版 七回死んだ男
西澤保彦　人格転移の殺人
西村　健　ビ　ン　ゴ
西村　健　地の底のヤマ(上)(下)
西村　健　光陰の刃《やいば》(上)(下)
西村　健　目　撃
楡　周平　修羅の宴(上)(下)
楡　周平　バ　ル　ス
楡　周平　サリエルの命題
西尾維新　クビキリサイクル〈青色サヴァンと戯言遣い〉
西尾維新　クビシメロマンチスト〈人間失格・零崎人識〉

西尾維新　クビツリハイスクール〈戯言遣いの弟子〉
西尾維新　サイコロジカル(上)〈兎吊木垓輔の戯言殺し〉(下)〈曳かれ者の小唄〉
西尾維新　ヒトクイマジカル〈殺戮奇術の匂宮兄妹〉
西尾維新　ネコソギラジカル(上)〈十三階段〉
西尾維新　ネコソギラジカル(中)〈赤き征裁 vs. 橙なる種〉
西尾維新　ネコソギラジカル(下)〈青色サヴァンと戯言遣い〉
西尾維新　ダブルダウン勘繰郎 トリプルプレイ助悪郎《スケアクロウ》
西尾維新　零崎双識の人間試験
西尾維新　零崎軋識《ぜろざききしき》の人間ノック
西尾維新　零崎曲識の人間人間
西尾維新　零崎人識の人間関係 匂宮出夢との関係
西尾維新　零崎人識の人間関係 無桐伊織との関係
西尾維新　零崎人識の人間関係 零崎双識との関係
西尾維新　零崎人識の人間関係 戯言遣いとの関係
西尾維新　xxxHOLiC アナザーホリック ランドルト環《かん》エアロゾル
西尾維新　難　民　探　偵
西尾維新　少　女　不　十　分
西尾維新　本　　題〈西尾維新対談集〉
西尾維新　掟上今日子《おきてがみきょうこ》の備忘録

西尾維新　掟上今日子の推薦文
西尾維新　掟上今日子の挑戦状
西尾維新　掟上今日子の遺言書
西尾維新　掟上今日子の退職願
西尾維新　掟上今日子の婚姻届
西尾維新　新本格魔法少女りすか
西尾維新　新本格魔法少女りすか2
西尾維新　新本格魔法少女りすか3
西尾維新　人類最強の初恋
西尾維新　人類最強の純愛
西尾維新　人類最強のときめき
西村賢太　どうで死ぬ身の一踊り
西村賢太　夢　魔　去　り　ぬ
西村賢太　藤　澤　清　造　追　影
西川善文　ザ・ラストバンカー〈西川善文回顧録〉
西川　司　向日葵《ひまわり》のかっちゃん
西　加奈子　舞　　台
貫井徳郎　新装版 修羅の終わり(上)(下)
貫井徳郎　妖　奇　切　断　譜

講談社文庫　目録

2022年3月15日現在